SV

Adrià Guinart ist jung, der Krieg ist ihm ein Abenteuer, als er mit ein paar Freunden aus dem engen Zuhause zur Front aufbricht. Durch Szenen von Roheit und rätselhafter Fremdheit geht er mit offenen Sinnen, staunend und wie wenn sich die Welt zum erstenmal darböte. Das Schöne und das Schreckliche stürzen auf ihn ein, liefern ihn einer Erfahrung aus, die stärker ist als er. Er muß davon erzählen.

Kann ein Roman, der vom Krieg erzählt – schön sein? Lassen sich Liebe, Sinnlichkeit, Eifersucht, Neid, Gier, Verstörung vor dem Hintergrund eines konkreten Bürgerkriegs darstellen? Die große katalanische Autorin Mercè Rodoreda hat sich angesichts solcher Fragen selbst geantwortet: »Warum nicht ein sogenannter Kriegsroman mit wenig Krieg? Über den Krieg sind so viele Romane geschrieben worden, daß ein weiterer nichts zur Sache beigetragen hätte. Warum nicht ein Roman mit wenig Krieg, jedoch mit dem Krieg als ständigem Hintergrund?« So läßt sich Mercè Rodoreda von den Schrecken des Krieges nicht den Blick einengen und erzählt hier mit der Erfahrung ihres ganzen Lebens; sie erzählt auf ihre eigene, unverwechselbare Art: lakonisch, einfühlsam, mit hartem Realismus und in bildhafter Verdichtung. Die widerspruchsvolle Szenerie menschlichen Lebens nimmt Gestalt an in den Stationen ihres lange nachwirkenden Romans.

Mercè Rodoreda

Weil Krieg ist

Roman

Aus dem Katalanischen
von Angelika Maass

Suhrkamp

Die Originalausgabe erschien 1980 unter dem Titel
Quanta, quanta guerra . . . bei Club Editor, Barcelona.

Die Übersetzung wurde gefördert aus Mitteln des Institut Ramon Llull.

Erste Auflage 2020

Satz: Memminger MedienCentrum AG
Printed in Germany
Umschlag: hißmann, heilmann, hamburg
ISBN 978-3-518-24270-4

Weil Krieg ist

El sueño de la razón engendra monstruos.
Francisco de Goya

What made me take this trip to Africa? There is no explanation.
Saul Bellow

A great ravel of flights from nothing to nothing.
D. H. Lawrence

ERSTER TEIL

I
Um Mitternacht

Ich kam im Herbst um Mitternacht zur Welt, mit einem Fleck auf der Stirn, nicht größer als eine Linse. Wenn meine Mutter sich über mich ärgerte, sagte sie, halb von mir abgewandt, du siehst aus wie Kain. Josep hatte auf der Innenseite des linken Oberschenkels eine Narbe in Form eines Fisches, das war lustig. Rossend, der Sohn des Lumpenhändlers, der uns den Esel und den Karren lieh, wenn wir Nelken auf den Markt brachten, hatte eine rote Nasenspitze, und das war lustig. Ramon, der Sohn des Fleischers, hatte spitze Ohren, und das war lustig. Bei mir mußte niemand lachen. Wenn sie sich manchmal gegen mich verbündeten und auf mich losgingen, weil ich bei ihren Spielen nicht mitmachen wollte, dann zwang ich sie zum Rückzug, indem ich rief, daß der Teufel mein Onkel sei, und damit er mich sogar mitten in einer Schar anderer Jungen gleich erkennen könne, habe er mir vor der Geburt ein Zeichen auf die Stirn gesetzt. Ich war goldblond. Weil meine Mutter mir nie die Haare schneiden ließ, die mir in Ringellocken auf den Kragen fielen, hielt mich noch mit drei Jahren jeder für ein Mädchen. Als meine Mutter mich eines Tages zu Pater Sebastià brachte, weil ich in die Schule eintreten sollte, sah Pater Sebastià mich bedauernd an und sagte: Wir nehmen hier keine Mädchen. Meine Mutter brachte lauter Entschuldigungen vor, wie leid es ihr täte, mir die wundervollen Haare abzuschneiden, daß ich noch zu klein sei und mit kahlem Kopf frieren würde, und während sie sich ausließ, ging ich – ich konnte bereits meinen Namen schreiben – zur Wandtafel, nahm die Kreide und schrieb, weiß auf schwarz, in großen, ungelenken Buchstaben: Adrià Guinart. Pater Sebastià bemerkte es sofort und sagte mit gefalteten Händen: Nein, dieser Erzengel!

So kam ich mit geschorenen Haaren in die Schule, ganz traurig, daß sie nicht mehr so wie früher waren, und klüger als die andern kleinen Kinder. Während Pater Sebastià uns die Biblische Geschichte erklärte, mußte ich mich neben ihn setzen, denn wenn ich in der Bank säße, sagte er, störe ihn die Art, wie ich guckte: so käuzchenhaft. Wir hatten eine dicke Mappe voll von großen Abbildungen, die war im Schrank mit den Heften, den Stiften und Kreiden eingeschlossen. Während er redete, mußte ich, immer ich, mit dem Zeigestock auf alles hinweisen, was er nannte: das Tote Meer, das Moseskörbchen, die Gesetzestafeln, den Baum der Erkenntnis, Adam und Eva mit ihren Feigenblättern. Zeig auf Salomon. Wenn ich auf den zeigen sollte, der seine Kraft verlor, als man ihm die Haare abschnitt, verging ich vor Scham. Zeig auf den Verkündigungsengel. Mit der blühenden Lilie vor Maria, blond und mit Ringellocken wie ich, bevor ich in die Schule kam, mit den Federn seiner Flügel, ein blaues Band, ein rotes Band, so schwebte der Engel auf halber Höhe. Bei der Tafel mit der Sintflut wurden alle Kinder in der Klasse, selbst die unaufmerksamsten und verschlafensten, wieder munter. Während ich mit dem Zeigestock der Rundung des Regenbogens folgte, kam es mir vor, als flöge ich zwischen Grün und Violett, zwischen Gelb und Rosa ... Hatte Pater Sebastià nicht gesagt, ich sei ein Erzengel? Erzengel flogen. Kain und Abel. Ich hielt den Atem an. Abel weidete die Schafe. Kain ackerte und schwitzte. Ich träumte von der biblischen Geschichte, ich träumte von Engeln, träumte von Heiligen, träumte, wie ich selbst biblische Geschichte erlebte und durch die Wüste zog und aus den Brunnen Wasser fließen ließ. Am Tag, als die Tafel mit der Kreuzigung drankam, da rannte ich, kaum hatte ich das Nelkenfeld erreicht, hin und her, reckte mich hoch, so hoch ich konnte, auf Zehenspitzen, um zu hören, wie die Sterne sagten, ach, der Ärmste, er hat keine Flügel ...

Das Haus war alt, aus dem Spülstein roch es, der Wasserhahn tropfte. An windigen Tagen drang die Kälte durch die Ritzen, doch wenn es schön war, duftete es in allen Winkeln nach den Blumen. An den Sonntagen, an denen mein Vater keine Lust hatte, seine Cousins zu besuchen, machten wir zusammen einen Spaziergang. Wir konnten stundenlang an einer Böschung sitzen, und mitunter trug der Wind Fäden heran, die er dem Innern bescheidener Blüten entrissen hatte, und manche blieben an meinen Kleidern hängen. Die Leute waren alle gleich: sie hatten Beine, Schenkel, Augen, Münder, Zähne. Ich ging an der Hand meines Vaters, der groß und freundlich war, und hielt mich kerzengerade. Ich weiß nicht, warum mich die Mädchen so wütend machten; wenn ich eines Tages eine zu packen bekäme, würde ich ihr wie einem Vogel den Hals umdrehen. Sie nahmen einem die Liebe der Mütter weg.

Eine Nachbarin, die in der Textilfabrik arbeitete, hatte ein kleines Mädchen. Eines Samstagnachmittags fragte sie meine Mutter, ob sie es hüten würde. Ich war sehr beunruhigt: meine Mutter hatte mir nämlich gesagt, sie habe ein Schwesterchen bestellt; dann würde ich nie mehr allein sein, und wir hätten ein Mädchen zu Hause, das lachen und weinen würde. Als ich sie fragte, warum sie ein Mädchen und nicht einen Jungen bestellt habe, antwortete sie, sie hätte bereits den Bescheid bekommen, daß es ein Mädchen sein werde. An jenem Samstagnachmittag sagte meine Mutter, sie müsse mit jemandem über den Verkauf der Nelken sprechen, und sie sagte, ich solle auf das Mädchen der Nachbarin aufpassen und ja nicht die Katze in seine Nähe lassen. Sobald meine Mutter fort war, ging ich und schaute nach dem Mädchen, das schlief, und nach der Katze, die meine Mutter in der Küche eingesperrt hatte. Das Mädchen hieß Mariona, es war ganz rosig und trug kleine goldene Ohrringe. Es lag auf zwei aneinandergerückten Stühlen. Ich nahm es und legte es auf den Boden. Der Seufzer, den es von sich gab, verschlug mir den Atem. Langsam, als ob es eine Puppe wäre, zog ich es aus: weg mit dem Leibchen, den Höschen, den Windeln, den Strickschühchen. Die Ohrringe konnte ich nicht abmachen, weil ich nicht wußte, wie sie aufgingen. Als sie wie ein Wurm vor mir lag, legte ich sie auf ein Handtuch und zog sie so auf dem Handtuch bis zum Anfang des Feldes. Das helle Sonnenlicht weckte sie dann auf. Ich kniete neben ihr und betrachtete ihr nacktes Zahnfleisch, ihre Haare, ein paar nur und ganz dünne. Ihre Augen waren veilchenblau, mit kleinen Goldsprenkeln. Ich war ganz närrisch, weil ich mir neben der Kleinen so groß vorkam, und ging hin und riß alle Veilchen aus. Einzig ihre Augen durften veilchenblau sein. Mitten auf dem Feld, zwischen zwei Reihen Gartennelken, bereitete ich ihr über der Bewässerungsrinne ein Bett aus grünen runden Veilchenblättern. Voller Angst, ich könnte sie zerbrechen, legte ich sie dorthin. Einen Augenblick lang stockte ihr Atem, dann fing sie mit weit aufgerissenem Mund an zu weinen. Ich bekam Lust, sie mit auf die Dachterrasse zu nehmen und an der Stelle, wo das Geländer kaputt war, hinunterzuwerfen. Schnell holte ich die Katze und hielt sie ihr ganz nah hin, so daß sie still war. Guck mal, die Katze ... guck mal ... Ich streichelte mit ihrem Händchen über den Rücken der Katze, die plötzlich wegwollte, dann auf sie draufsprang und ihr die Brust zerkratzte. Meine Mutter hatte irgend jemandem erzählt, daß die Kinder, wenn sie zu lange weinen, zuletzt auseinanderbrechen. Still, Süße. Ich dachte, sie würde zerbrechen wie eine Tasse, die einem aus der Hand fällt. Das Mädchen war voller Blut. Meine Mutter schlug mich windelweich. Ich wollte sterben. Ich stieg aufs Dach des Geräteschuppens und stürzte mich hinunter. Ich landete auf allen vieren. Und während der ganzen Nacht, es war eine Mondnacht, sprang ich vom Schuppen herab auf die Erde. Wenig später wurde mein erstes Schwesterchen geboren. Und dann, in der Nacht, pflanzte ich mich ein. Zuerst machte ich beim Haselbusch eine sehr tiefe Grube, dann stieg ich hinein und bedeckte mich bis zu den Knien mit Erde. Ich hatte die volle Gießkanne mitgenommen und begoß mich nun. Wurzeln sollten mir wachsen: ich wollte ganz zu Ästen und Blättern werden.

Meine Mutter stammte aus Sarrià und besaß auf der Grenze zwischen Sarrià und Sant Gervasi ein Nelkenfeld; in der Nähe der Bahnlinie nach Sabadell. Ich half ihr beim Ablegermachen, beim Gießen und beim Pflücken. Wir arbeiteten von morgens früh bis zum Einbruch der Nacht. Mein Vater starb, als ich elf Jahre alt war. Er war Lokomotivführer. Er trug einen Schnurrbart und hatte große, ruhige Augen. Als ich klein war, nahm er mich, wenn ich einschlafen sollte, auf den Schoß und sang mir das Lied vor vom Zug, der rollt und rollt und rollt. Als zum ersten Mal mitten auf dem Gleis jener Mann vor ihm auftauchte, soll der Mond wie Feuer gewesen sein. Über den Bäumen auf der rechten Seite schien dicker Nebel zu ruhen. Und genau in der Mitte der Gleise ging ein Mann auf den Zug zu. Kaum hatte ihn mein Vater bemerkt, ließ er die Zugpfeife schrillen. Der Mann, der zuerst klein war und dann größer wurde, lief ununterbrochen weiter, als gäbe es keinen Zug, der auf ihn zuraste. Er kam so nah, daß mein Vater noch sehen konnte, was er anhatte: hellbraune Hosen und ein gelb-schwarz gestreiftes Hemd. Dann bremste er. In den Waggons waren Schreie zu hören. Leute stiegen aus, meinem Vater hinterher. Auf dem Gleis war niemand. Er mußte der Eisenbahngesellschaft erklären, was ihm da passiert war. Er war nicht pünktlich angekommen. Und alles wäre erledigt gewesen, wenn nicht ein Jahr später am selben Ort wie beim ersten Mal, diesmal aber in einer pechschwarzen Nacht mit Schneeflocken, die langsam vom Himmel herabschwebten, der Mann, der mitten auf dem Gleis ging, erneut aufgetaucht wäre, in den gleichen hellbraunen Hosen und dem gelb-schwarzen Hemd. Der Zug fuhr mit voller Geschwindigkeit, die Räder sangen ihr Rollrolle-Lied. Kaum hatte mein Vater ihn erblickt, ließ er ein paar Mal die Pfeife schrillen, doch der eigensinnige Mann kam näher. Bis mein Vater schließlich mit pochendem Herzen bremsen mußte. Man hörte die Schreie erschrockener Menschen in den Waggons. Mein Vater stieg aus dem Zug. Auf dem Gleis war niemand. Einige Passagiere und er suchten die Umgebung ab. Nichts. Mein Vater spürte, daß sie ihm nicht glaubten, daß sie ihn ansahen, als ob er verrückt wäre. Und wieder mußte er die Gesellschaft informieren. Wenn sie zum Schluß kämen, daß der Lokomotivführer Gespenster sah ... Und in einer mondhellen Nacht mit lauter silbernen Feldern auf beiden Seiten des Zuges tauchte in der Ferne, nicht anders als bei den zwei ersten Malen, der Mann mit den hellbraunen Hosen und dem gestreiften

Hemd auf. Mein Vater sagte, er habe die Augen zugemacht ... er bremste nicht. Und er spürte mit all seinen Sinnen das Knirschen der Knochen. Die Gesellschaft entließ ihn zwar nicht, aber sie versetzte ihn auf eine andere Strecke. Er führte nun einen schäbigen Zug, der träg wie eine Schildkröte war und nur kurze Fahrten machte. Ganz versunken in den Abgrund dieser mysteriösen Sache, starb er bald darauf an einer Herzattacke. Meine Mutter weinte nicht um ihn. Die Nelken machten viel Arbeit, und man mußte schließlich leben. Das Haus wurde nach und nach blasser, wie wenn alles, Küchengeräte, Möbel und Wände, in ungesundes Licht getaucht wären.

Als ich meiner Mutter einmal eine freche Antwort gegeben hatte, erzählte sie mir gleich am nächsten Tag zum ersten Mal von meinem Bruder, und wenn ich schmutzig und vom Umleiten der Bewässerungsrinnen durchnäßt nach Hause kam, sagte sie, ohne mich anzuschauen: Ich habe deinen Bruder den Esel des Lumpenhändlers striegeln lassen. Morgen früh wird mir dein Bruder beim Aufladen der Nelken helfen. Dein Bruder ... Und ich hatte gar keinen Bruder.

Eines Abends meinte ich, ihn halb versteckt im Schuppen mit den Kamelien zu sehen. Er war wie ich. Ich ging heran, aber da war niemand zwischen den Kamelien. Nachts lief ich von zu Hause weg. Ich sprang durch das Küchenfenster aufs Feld und durch die weiten Gitterstäbe der Gartentür auf die Straße. Zu Hause erstickte ich. Die Züge, die nachts vorbeifuhren, leisteten mir Gesellschaft. Ich blieb in meinem Viertel. Die verschlossenen Häuser, die erloschenen Fenster, die Balkone mit ihren dunklen Umrissen von Blumen, ein Brunnen auf dem Platz, das kühle Wasser der Nacht, der Steinsitz in einem Eingang – sie waren meine Gesellschaft. Die Straßen ohne eine Menschenseele waren meine Paläste, meine Freude, meine Angst. Die Straßen mit alten Bäumen auf beiden Seiten, mit hohen Ästen, die sich jeden Augenblick auf mich stürzen und mich in die Luft davontragen konnten – sie waren mein Albtraum. Bei Tagesanbruch kehrte ich in mein häusliches Gefängnis zurück.

Rossend, der Sohn des Lumpenhändlers, der zwei Jahre älter war als ich und seit Kriegsausbruch immer nur vom Krieg sprach, erzählte mir, er zöge in den Krieg. Warum kommst du nicht mit?

II
Die Flucht

Luft kam zum Fenster herein. Sobald die Eßzimmeruhr drei schlug, stand ich auf, fuhr mir flüchtig über das Gesicht und ging, nur mit dem, was ich auf dem Leib trug, fort. Ich hatte vielleicht fünfzig Schritte gemacht, als etwas mich zwang, mich umzudrehen und zum Haus zu schauen. Es lag im hellen Mondlicht. Am Eingang stand mein Vater, hielt mich auf dem Arm, als ich klein war, und sah mich an. Es war die erste Nacht, in der ich allein durch Straßen lief, die nicht zu meinem Viertel gehörten. Ich rannte. Lebt wohl, ihr Nelken, lebt wohl! Rossend und ich wollten uns bei den Jardinets treffen; er käme mit einem Lieferwagen, von dem er mir nicht sagen konnte, wie er in seinen Besitz gelangt war. Ich bin mit einem ziemlich wichtigen Hauptmann befreundet, wir werden machen, was uns paßt. Bei den Jardinets war kein Rossend und auch kein Lieferwagen. Mochte geschehen, was wollte, nach Hause konnte ich nicht zurück. Ich hatte mir in den Kopf gesetzt, in den Krieg zu ziehen, und ich würde in den Krieg ziehen. Vielleicht hatte Rossend, der auch heimlich weglief, nicht fortgekonnt. Nachdem ich eine Weile unter den blauen Laternen auf und ab gegangen war, setzte ich mich auf eine Bank, stand wieder auf und setzte mich erneut. Ich überquerte die Straße und verbarg mich halb in einem Eingang, weil Leute heraufkamen. Ich setzte mich auf den Steinsitz im Eingang. Vor mir befanden sich der Brunnen, Pflanzen, Bäume. Der Mond schien durch die Blätter und streute Licht auf den Boden. Ich stand vom Steinsitz auf und ging wieder zur Parkbank. Lange Zeit ging ich immer wieder hierhin und dorthin. Schließlich hielt ein weißer Lieferwagen, der an den Seiten mit roten und schwarzen Buchstaben beschmiert war, vor mir an. Rossend und drei weitere Jungen sprangen herunter in dem Moment, als die Sirenen ertönten. Sofort begannen die Scheinwerfer der Fliegerabwehr den Himmel abzusuchen. Ich hätte gern eine Bombe fallen sehen. Das Flugzeug flog tief; sein Motor dröhnte fast über den Häusern. Die Fliegerabwehr spuckte Feuer. Geht in Deckung. Preßt euch an die Mauer, die Flak ist gefährlicher als die Bomben. Diese Sirenen ... Rossend hielt sich die Ohren zu und schloß die Augen. Einer der Jungen, er schien der jüngste der drei zu sein, sagte mit der Stimme eines erwachsenen Mannes: Wenn dich diese Sirenen schon stören, möchte ich mal sehen, was für ein Gesicht du an der Front machst, da heulen sie immerzu. Also, ich komme von der Front, sagte ein anderer der Jungen, der ein rotes Tuch um den Hals und einen Dolch im Gürtel trug, die können so viel bombardieren, wie sie wollen; es nützt ihnen gar nichts. Wir sind die Stärkeren. Das Volk läßt nicht mit sich spielen. Wenn uns die von der Gegenseite erblikken, laufen sie gleich weg. Ehrlich. Sie verstecken sich. Ich stelle mich oben auf den Schützengraben und stütze den Gewehrkolben auf den Schenkel ... Damit sie dich fotografieren, sagte der mit der tiefen Stimme. Sei still. Rossend fragte: Und sie wollen einen totschießen? Sei still. Und der Junge, der die ganze Zeit nichts gesagt hatte, sagte, ohne uns anzuschauen, du, du warst ja gar nie an der Front. Ach nein? Und die Wunde hier am Schenkel, was bedeutet die? Er krempelte ein Bein seiner Hose hoch und zeigte uns eine rote Narbe auf der Höhe des Knies. Die hat dir doch irgendein Tier beim Ausschlagen verpaßt. Immer mußt du mir widersprechen. Weil ich dich und deine Lügengeschichten kenne ... Das Geräusch des Flugzeugmotors entfernte sich. Die Fliegerabwehr suchte noch immer den Himmel ab. Alle Mann in den Wagen! Jetzt fängt das Leben an, sagte Rossend und packte das Lenkrad. Der Junge mit dem roten Halstuch setzte sich neben ihn. Die andern und ich stiegen hinten ein. In einer Ecke lag ein halbes Dutzend Gewehre. Wenn ich gern in den Krieg ziehen wollte, so war es unter anderem darum, weil ich mit Rossend hinwollte: ich kannte ihn von klein auf, wir hatten zusammen gespielt, wir waren Freunde, er wohnte in der Nähe. Von den andern hier wußte ich nicht, woher sie kamen noch wo sie geboren oder wer ihre Eltern waren.

Sie störten mich ... Wenn ich mich wenigstens neben Rossend

hätte setzen dürfen ... Er ließ mich links liegen. Die Jungen hatten sich auf dem Boden ausgestreckt, ich machte es ebenso. Sie stanken. Sie atmeten schwer. Der mit der tiefen Stimme machte hin und wieder ein seltsames Geräusch mit den Zähnen. Das Rütteln des Lastwagens lullte mich ein. Warum mußte Rossend auch so befreundet sein mit dem Jungen mit dem roten Halstuch, der sich auf den Schützengraben stellte, wenn die andern doch sagten, er sei ein Lügner? Der Schlaf trübte meinen Verstand, und ich begann meinen Vater zu sehen, der mir von einem Haus nachwinkte, das halb in der Luft hing und einen leuchtendbunten Kachelbelag hatte und mit den blauen Laternen und dem Mondstrahl durch die Blätter, und alles zusammen fing an sich zu drehen: Vater, Hand meines Vaters, leuchtendes Haus, Mondstrahlen, blaue Laternen, Lichtbündel am Himmel ... Bei der Ankunft an der Front schlief ich.

III
In einem Wald

Ich hatte mich verirrt und wußte nicht, welche Richtung ich einschlagen sollte, bis sich ein Karrenweg geradezu vor mir präsentierte; ihm folgte ich. Es war schön, die Sonne schien, es war ein Herbst, wie ich in meinem kurzen Leben noch keinen gesehen hatte. Ich saß da, den Rücken an den Stamm einer Pinie gelehnt, und atmete ein paar Mal tief ein. Der Boden war voller Piniennadeln, ich konnte sie aber nicht in Ruhe betrachten: die Wunde an meinem Arm schmerzte, und der Verband war blutbefleckt. Wo der Karrenweg begann, fand ich ein ziemlich langes Stück von einem fast neuen Seil. Einen Teil davon könnte ich gebrauchen. Ich zerschnitt es mit dem Messer, das mir mein Vater geschenkt hatte, gerade bevor er zum ersten Mal den Mann sah, der dem Zug entgegenging. Es war ein Messer, das man für vieles brauchen konnte: als Messer, Löffel, Korkenzieher, Brieföffner, Pfriem, Schere, Schraubenzieher ... Meine Mutter schimpfte mit ihm: Das ist ein gefährliches Gerät, ich würde es aufheben, bis er älter ist.

Dicht an meinen Füßen schleppte eine Kolonne Ameisen einen Käfer mit dem Bauch nach oben vorüber; er zappelte mit den Beinen, ohne irgendwo Halt finden zu können. Ein Pinienzapfen fiel auf meine Schulter. Ich hob die Augen, um zu sehen, wo er abgefallen war. Ein Schwarm Vögel flog über den Himmel. Der Käfer, den die Ameisen halbtot wegtrugen, war groß und schwarz und glänzte. Dickbäuchig. Ich bekam Lust, ihn umzudrehen und die Ameisen auseinanderzuscheuchen. Ein Kanonenschuß fiel, und der Vogelschwarm löste sich auf. Die Ameisen trugen noch immer den Käfer davon. Weiter entfernt krachte ein zweiter Kanonenschuß, wie vom Wind weggetragen. Aufrecht und zur Flucht bereit, sah ich hinter ein paar Baumstämmen einen Jungen wie besessen vorbeirennen, der ganz unwirklich wirkte. Mit ausgestrecktem Arm zeigte er in die Richtung, aus der die Kanonenschüsse kamen. Bevor er zwischen den Pinien verschwand, rief er: Geh nach Hause! Ich dachte ziemlich lange an diesen Jungen und an das, was er gerufen hatte. Doch ich hatte Hunger, und der Hunger lenkte mich ab. Mit einem Stein zerdrückte ich den Pinienzapfen. Die Pinienkerne waren mickerig und schmeckten schlecht. Ich hätte einen Ochsen mitsamt Hörnern verschlingen können. Seit mehreren Stunden hatte ich außer Wasser von dem weiter unten fließenden Fluß und ein paar Büschel grüner Trauben nichts in den Magen bekommen. Alles tat mir weh: die Wunde und die Schulterblätter, weil ich so viel Holz für die Soldatenküche hatte hacken und so viele Säcke mit Linsen und Kartoffeln hatte abladen müssen.

Rossend und seine Freunde waren gleich verschwunden. Juli-Juli, der Elektriker, der mit mir in der Küche war und ununterbrochen Töpfe und Teller abwusch, erzählte mir, daß man sie nachts weggebracht hatte, in irgendein Dorf, um Schützengräben auszuheben. Und er sagte: Wozu bist du denn hierhergekommen, jung, wie du bist? Hau ab, wenn du kannst.

Der Käfer zappelte nur noch schwach mit den Beinen, sein Panzer war im Eingang des Ameisenhaufens steckengeblieben, und die Ameisen suchten aufgeregt nach einer Möglichkeit, um ihn hineinzuschaffen. Ich stolperte über ein weiteres Stück Seil. Das erste, das ich gekürzt hatte, trug ich in der Tasche. Alles, was ich besaß, war das Messer von meinem Vater und das Stück Seil. Ein abschüssiger Pfad kreuzte den Karrenweg. Vor den Weg und den Pfad gestellt, entschied ich mich für den Pfad, denn er war schmal und das Gras an seinen Rändern hoch. Ein letzter Kanonenschuß krachte noch weiter entfernt als der zweite, und im selben Moment vernahm ich eine Männerstimme, die befahl: Spring, Menschenskind! Spring!

IV
Der Erhängte

Aus einem Riesensack, der an einem Baum hing und hin und her schwang, ragte der Kopf eines Mannes, dahinter senkrecht ein straffes Seil. Sein Gesicht war weiß, die Zunge schwarz, die Lippen blau. Neben dem Baum, direkt unter den Füßen des Erhängten, lag ein Stein; ich stieg auf ihn und schnitt den Strick durch. Der Erhängte schlug mit dem Kopf am Boden auf, und ich erschrak, weil ich dachte, ich hätte ihn getötet, statt ihn zu retten. Er war jung, hatte schwarze Haare und buschige Brauen. Als ich schon meinte, er habe den Geist aufgegeben, machte er ein Auge auf, schloß es aber gleich wieder. Ihm fehlte die Kraft, um zu schauen. Nach einer Weile setzte er sich halb auf, und ich half ihm mühsam aus dem Sack. Heiserer noch, als wenn er aus dem Jenseits käme, sagte er wütend: Warum hast du meinen Strick durchgeschnitten?

Lange Zeit versuchte er immer wieder zu atmen, gib mir Wasser ... ich ersticke ... In wenigen Sätzen war ich unten am Fluß, und mit einem Becher, den ich in der Tasche gefunden hatte, brachte ich Wasser nach oben; mit der einen Hand stützte ich seinen Kopf, mit der andern goß ich ihm das Wasser in die Kehle. Bei jedem Schluck hustete er und lehnte erschöpft den Kopf zur Seite. Plötzlich lebte er wieder auf, ich bin nämlich deshalb in den Sack gekrochen, um mich zu erhängen, weil ich nicht ohne Leichentuch sterben wollte; damit die Aasvögel nicht meine Knochen abnagen, falls mich niemand rechtzeitig entdecken und begraben würde. Und der Kopf? fragte ich ihn. Nun, den Kopf hätten sie haben können, sagte er. Wozu der schon nutz war ... Er faßte seinen Hals mit beiden Händen und drückte zu. Vielleicht tut es mir so nicht so weh. Gieß mir mehr Wasser rein. Du siehst hungrig aus. In der Tasche ist Brot. Ich kann nicht einmal meine Spucke runterschlucken. Meine Zunge plustert sich auf. Bleib ein bißchen bei mir. Ich mußte mich neben ihn legen, und wir deckten uns mit dem Sack zu. Im Halbschlaf, von allen

Gerüchen des Waldes umgeben, hörte ich wie aus weiter Ferne dumpfes Reden. Ich wußte schon nicht mehr, daß ich neben jemandem schlief, dem ich das Leben gerettet hatte. Ich würde durch die Welt ziehen, als Helfer und Lebensretter. Über mir sah es aus, als ob die Sterne die Nacht vertrieben, dabei dauerte es noch lang bis zum Tagesanbruch.

... diesen Sack habe ich aus vier Säcken zusammengesetzt, die ich in der Mühle gestohlen habe. Er lag da, das Gesicht zum Himmel, und sprach wie im Traum. Ab und zu drehte er den Kopf und sah mich an. Ich verbrachte den Tag damit, die Nähte zu lösen und sie danach neu wieder zusammenzufügen, mit einem Bindfaden, den ich mit einer Sacknadel durch die Löcher zog. Zwei Löcher ließ ich offen für die Arme, damit ich mir den Sack um den Hals binden und den Halsstrick mit der Schlinge umlegen konnte. Der Erhängte begann jämmerlich zu weinen, ich versetzte ihm einen kräftigen Schlag auf den Rücken, damit er damit aufhörte, und stand auf. Verlaß mich nicht, verlaß mich nicht ... Als ich bereits beschlossen hatte, Ernestina den Händen ihres gräßlichen Mannes zu entreißen, da verließ sie mich. Und kehrte zu ihm zurück! Eines Tages kam ihr Mann zu mir und klagte mir sein Leid. Auf den Knien gestand er mir, daß er ohne Ernestina verloren sei. Schwöre, daß du sie mir nicht wegnimmst ... Gib mir Wasser. Ich sagte ihm, daß Ernestina und ich schon lange Schluß gemacht hätten. Und dann sagte er, sie müsse einen andern haben. Wir umarmten uns, wir gingen nach draußen ... Als ich sie kennenlernte, trug sie ein rotes Kleid und eine Margerite im Haar ... wir zogen von einem Wirtshaus zum andern: in jedem Wirtshaus ein Schoppen. Im Wirtshaus zum Papagei lernte ich Faustina kennen. Er hustete, und seine Stimme, die ohnehin heiser war, wurde, je länger er redete, desto heiserer, und es war, als ob es Ernestina nie gegeben hätte. Eine ganze Zeit lang sagte er kein Wort, und als ich schon glaubte, er habe seine Kräfte verbraucht mit dem Satz: Verflucht der Tag, an dem sie mich in ihr Haus ließ, fuhr er fort. Am Tag, als Faustina mich in ihr Haus ließ und mir erlaubte, sie hinter dem Ohr zu küssen, da umwand sie mich wie eine Schlange. Sofort erzählte ich alles Ernestinas Mann, und er erzählte es ihr. Und Faustina gestand ich, daß ich Ernestina geliebt hatte und daß ihr Mann und ich wie Brüder seien ... und ich weiß nicht, was dann geschah, jedenfalls zogen wir kurze Zeit später alle vier durch die Wirtshäuser: Ernestina war mit Faustina befreundet, Faustina mit Ernestinas Mann, und alle drei klebten an mir. Es verging keine einzige Stunde, in der ich mich nicht überwacht, belauscht und auf Schritt und Tritt verfolgt gefühlt hätte. Ich gegen drei. Drei gegen mich. Ernestina verteidigte Paulina eines Nachts, als wir alle vier eine Straße hinuntergingen, an deren Namen ich mich nicht mehr erinnere ... Ich fragte ihn, wer Paulina sei, und er antwortete nach einigem Überlegen, daß er sich getäuscht habe, eine Paulina habe er nie gekannt, statt Paulina hätte er Faustina sagen müssen ... und ich konnte dieses Leben nicht mehr ertragen. Niemand machte Liebe, sie machten mir bloß Vorwürfe; ich verabscheute dieses Aneinanderkleben und konnte doch nicht ohne es leben, bis dann der Krieg kam und ich in den Krieg zog, um meine Seele zu retten. Und der Krieg hat mich umgebracht. Völlig leer, um mich herum Tote und Blut ... ich bin schon seit längerem gestorben, warum soll ich atmen und einen Körper besitzen wollen, den ich nicht mag und der ununterbrochen Schlaf, Hunger und Traurigkeit verlangt? Ich meine, Freude verlangt, und sei's auch nur ein bißchen, und findet bloß Traurigkeit ... Warum nur hast du mich abgehängt? Er beugte sich vor, um mir eins mit der Faust zu verpassen, und fiel nach hinten, als ob ich ihm den Faustschlag gegeben hätte. Ich wickelte ihn in den Sack ein und schleppte ihn hinter den Felsen, nah bei dem Baum, an dem er sich erhängt hatte. Dann deckte ich ihn mit Steinen zu. Ich konnte keine Grube graben, um ihn in die Erde zu legen, weil ich weder Hacke noch Haue oder Spaten hatte.

V
Der Wagen

Das Brot, das noch in der Tasche war, und ein paar Handvoll Brombeeren, die ich in der Umgebung pflückte, waren mein ganzes Essen an diesem Tag. Ich mußte einfach in der Nähe dieses toten Mannes bleiben. Es war schon stockdunkel, als ich mich mit dem Gedanken an Faustina und Ernestina hinlegte. Zuletzt versank ich in einen unruhigen Schlaf, bis mich zusammen mit der Dämmerung lautes Vogelpiepsen weckte. Einer der Vögel hatte einen orangefarbenen Bauch, andere hatten einen grünen. Auf dem obersten Ast des Baums des Erhängten begann ein Spatz zu lärmen. Als ob er übergeschnappt wäre. Vom Fluß her stieg ein Lied auf, und die Stimme, die es sang, war die Stimme eines Mädchens. Ich war auf den Stein des Erhängten gestiegen und blickte hinunter: ich sah einen Streifen blaues Wasser. Die Mädchenstimme hatte mich von den Erinnerungen der Nacht befreit. Plötzlich war sie laut zu hören, als ob das Mädchen zum Berg hin sänge, dann wieder nur noch undeutlich, als ob sich das Mädchen umgedreht hätte. Der Spatz lärmte ununterbrochen. Und aus irgendeinem Grund fielen mir meine verstorbenen Schwestern ein. Vielleicht weil die Dämmerung oder weil die Farbe des Himmels dieselbe war, die über dem Nelkenfeld schlummerte, vielleicht weil ... die große hieß Laieta, die mittlere Lea ... die Stimme, die vom Fluß heraufstieg, war verstummt, die kleine hieß Letícia, wie eine Urgroßmutter meines Vaters, die sehr reich gewesen war: sie hatte zwei Kutschen, sechs Pferde, Weizenfelder, ein Haus mit zwölf Zimmern und zwölf Kaminen. Laieta war ein ausgemachter Trotzkopf; sie starb denn auch an einem Wutanfall. Sie wollte immer nur Laieta genannt werden.* Wo ist Laieta? Was macht Laieta? Ist Laieta noch im Garten? Und meine Mutter und wir alle sagten: Wo ist die Laieta? Was macht die Laieta? Ist die Laieta noch im Gar-

* Eigennamen werden im Katalanischen mit Artikel gebraucht, also »la Laieta«, »en Rossend« usw. »Laieta« ist demnach unüblich.

ten? Und damit sie sich keine Launen angewöhnte, fing meine Mutter an, sie La Lala zu nennen. Und alle lachten. La Lala. La Lala. Meine Schwestern hießen in unserem Viertel die drei L. La Lala. Sie konnte das nicht ertragen, und eines Tages brach sie in Tränen und Gekreische aus und schlug, die Schläfenadern dick geschwollen, den Mund weit aufgerissen, in einem fort mit dem Kopf an die Wand. Eine Halsader platzte, und sie fiel flach hin, wie plattgewalzt. Alle drei hatten sehr lange Haare und mandelförmige Augen mit erstauntem Blick. Die anderen zwei starben an einer Krankheit. Wir beerdigten sie, jede zu ihrer Stunde, in ihren knöchellangen Erstkommunionskleidern, in duftige Schleier gehüllt, mit einer Krone aus Rosen, und den Rosenkranz um das Handgelenk gewunden ... Als sie im Zimmer mit dem roten Sofa im Sarg lagen, ging ich, wenn niemand da war, der ihnen Gesellschaft leistete, hinein und schaute sie an. Sie kommen in den Himmel, sagte meine Mutter. Sie werden alle im Himmel sein, fügte sie mit verdrehten Augen hinzu, und wenn wir dann in den Himmel kommen, werden sie uns empfangen. Sie berührte die ordentlich auf der Brust ruhenden Hände, die kälter waren als der Januar. Sie rückte ihnen die Rosenkrone zurecht. Ich betrachtete die geschlossenen Augen, die mich so oft, klarer glänzend als Wasser, angeschaut hatten. Ich hätte sie für immer dabehalten mögen: so still, so weiß, ganz ohne jemandem weh zu tun.

Ein Geräusch von Wagenrädern, begleitet von Männerstimmen, näherte sich. Halb ins Gesträuch geduckt, lief ich bis zur Straßenbiegung. Zwei Wagen hatten eben angehalten. Von dem, der mir am nächsten war, sprangen drei Männer mit offenem Hemd, zerzaust und bärtig, lauter Kugeln im Gürtel, rote Tücher um den Hals gebunden. Aus dem hinteren Teil des Wagens, der weiter entfernt angehalten hatte, ragten nackte Beine, an ihrem Ende wachsgelbe Füße, einige davon mit Blut befleckt. Einer der Männer, der älteste, sagte, daß er einen Mordshunger habe. Die andern drei und ein vierter, der von dem Wagen mit den Toten sprang, waren mit Tornistern bepackt und setzten sich auf die

Erde. Sie bissen in lange Brote, eine Art Stangenbrot, wie ich es noch nie gesehen hatte, und große Stücke Käse. Sie tranken Wein aus der Lederflasche. Ein Dicker, Rotgesichtiger mit gespaltener Nasenspitze war es, der das Brot und den Käse schnitt und verteilte. Der Jüngste murrte, daß er Käse nicht mochte, er hätte lieber ein paar gegrillte Koteletts gehabt. Keiner beachtete ihn. Sie sprachen darüber, ob der Krieg noch lange dauern würde, vielleicht würde er hundert Jahre dauern. Solange es Kanonenfutter gibt, werden wir Krieg haben. Einer der Männer, er ähnelte meinem Vater, bloß ohne Schnurrbart, sagte, nein, im Gegenteil, der Krieg gehe zu Ende, es sei nur noch eine Sache von Monaten ... es seien schon genug Leute gestorben, das Land zur Genüge vom Pack befreit. Und vom Gesindel. Sie lachten. Der mit der gespaltenen Nase sagte, auch wenn der Krieg vorbei ist, gehe ich nie wieder nach Hause. Ich hasse es, immer dasselbe zu tun. Hab's satt, jeden Tag zur selben Zeit unaufhörlich Plätze und Straßen zu fegen. Ich, sagte der, der gegrillte Koteletts essen wollte, werde Hirte. Hirte? Da wirst du dein restliches Leben lang Käse essen. Ich werde Schafe schlachten! Wie ich sie so immer kauen sah, lief mir das Wasser im Mund zusammen, und während ich die Spucke hinunterschluckte, bekam ich einen Stoß verpaßt, so daß ich mitten zwischen die essenden Männer fiel. Guckt mal, was für ein Kaninchen ich da erwischt habe! Es war ein Mann mit grauen Haaren, eine Welle fiel ihm in die Stirn. Er trug ein Gewehr über der Schulter, Velourshosen und Stiefel, die seitwärts mit drei Schnallen geschlossen waren. Sie betrachteten mich wie ein seltsames Tier. Hat dir wohl Spaß gemacht, uns zu belauschen, hm? Einer der Männer kniff mich in den Arm, du, sagte er, bist abgehauen. Ich kenne dich. Wir würden es alle wie du machen, wenn wir könnten; sollen sich doch die andern abschinden. Ich rannte los. Sie fingen mich ein und schleppten mich dorthin zurück, wo ich hingefallen war. Der mit der gespaltenen Nase sagte, ich hab dich schon gesehen ... wo hast du die Hose versteckt, die du heute nacht Juli-Juli gestohlen hast? Er verpaßte mir einen Schlag mit einer Hand wie aus Eisen. Sag, wo hast du die gestohlenen Hose? Ich schwor, daß ich niemandem die Hose gestohlen hätte. Sie sagten: doch, und ich sagte: nein. Bis ich nicht mehr konnte und schrie: Lügner. Elender Lügner. Ich bekam noch zwei Schläge, die mir das Hirn durchrüttelten. Heute nacht bist du in die Baracke gekommen, und als er schlief... Ich brachte noch die Kraft auf, um zu sagen, daß ich die Nacht über bei einem Mann gewacht hatte, der sich erhängt hatte. Da lachten sie alle gleichzeitig los. Ein Mann, der sich erhängt hat? Er sagt, er hat die Nacht mit einem Erhängten verbracht! Als ich erneut eine Fluchtbewegung machte, denn ich wußte ja, du packst besser ein, wenn sie dein Argument nicht gelten lassen, da versetzte mir der, welcher Brot und Käse verteilt hatte, eine gewaltige Tracht Prügel, während ich Feigling, Feigling! schrie. Am Schluß war ich nur noch ein Häufchen Elend.

VI
Das Mädchen vom Fluß

Am Boden waren Käserinden liegengeblieben und drei, vier Stückchen Brot. Ich aß alles hastig auf. Ich pflückte noch mehr Brombeeren. Und langsam stieg ich zum Fluß hinunter. Das Wasser auf der andern Seite war nicht blau: grün mit Wolken, die darüber hinglitten. Ich hätte selbst Fluß sein wollen, um mich stark zu fühlen, und stieg hinein. Ich schwamm wie ein Fisch; die Prügel spürte ich nicht mehr. Mein Vater hatte Cousins, die wohnten in der Barceloneta, im Carrer Atlàntida. Mit deren Söhnen und einem Mädchen, Mònica, gingen wir Muscheln suchen. Mit ihnen lernte ich schwimmen und rudern. Bevor ich ins Wasser gestiegen war, hatte ich mir die Binde vom Arm gerissen; das Fleisch um die Wunde, die ich mir zugefügt hatte, als ich eines Tages auf einen Haufen zerbrochener Flaschen gefallen war, war dunkelviolett. Auf der anderen Seite des Flusses wuchsen Binsen und Schilf, und zwischen den Binsen und Schilfrohren sah ich sie: schöner als das Leben, aufrecht, nackt, eine Heugabel in der Hand. Sie hatte dieselben hellblonden Haare, wie ich sie als kleines Kind gehabt hatte; schmale Taille, jeder Schenkel eine Ehrerbietung, wie meine Mutter von den Nelken sagte, jede Nelke eine Ehrerbietung, und sie selbst ein reifer Pfirsich. Ich ging langsam näher, sie sah mich, und als ich lächelnd bei ihr angelangt war, stach sie mich mit der Heugabel. Ihre Zähne waren so weiß wie die hellsten Flußkiesel. Die Sonne kam hervor. Alle Schilfrohre, alle Blätter wogten sacht. Sie warf die Gabel beiseite und sprang ins Wasser. Ich begann flußaufwärts zu schwimmen und sie hinter mir her.

Wir lagen in der Sonne und aßen uns an Brombeeren satt. Sie hatte veilchenblaue Augen mit Goldsprenkeln, wie damals das Nachbarmädchen mit der Katze, das seine Mutter uns zum Hüten gegeben hatte. Sie erzählte mir, ihr Vater sei der Müller von der Mühle weiter oben, und ich schaute ihr immerzu in die Augen. Ihr Vater war im Krieg, und sie sah ihn nur sonntags. Ihre Mutter hieß Marta. Sie Eva. Sie wäre gern ein Junge anstatt ein Mädchen gewesen. Sie jagte Vögel mit der Steinschleuder. Und wenn die Fische, die sie fing, zu klein waren, warf sie sie wieder in den Fluß, und das gefiel ihr, weil es war, als ob sie ihnen das Leben schenkte. Kaninchen und Rebhühner jagte sie mit Hund und Flinte. Wäre sie ein Junge gewesen, wäre sie in den Krieg gezogen, wie gern hätte sie das getan, doch dann hätte sie bei ihrem Vater bleiben müssen, und der hätte ihr nicht erlaubt, das zu tun, was sie wollte. Ohne ersichtlichen Grund fragte sie mich, ob ich gern Seifenblasen hätte. Das Schönste an ihnen sei: da warte man so geduldig, bis sie aus dem Strohhalm herauskamen und bunt schillerten, und dann flogen sie durch die Luft und zerplatzten, als würden sie zerstochen. Sie redete im Liegen, die Hände hinter dem Kopf verschränkt, die Augen zum Himmel. Ich hätte sie gern berührt und auf ein Bett aus grünen Blättern gelegt, die ich von Veilchen abgerissen hätte. Wenn der Krieg, der schon so lang dauert, noch länger dauert, schneide ich mir die Haare ab, verkleide mich als Junge und ziehe in den Krieg. Sie schwieg, denn auf der anderen Seite des Flusses, weiter weg und weiter unten als dort, von wo aus ich sie gesehen hatte, ritt ein Mann auf einem Esel vorbei, ein Gewehr über der Schulter. Das ist mein Vater, also ist heute Sonntag. Wir zögerten, bis wir den Kopf hoben, und als wir ihn hoben, war der Müller bereits wer weiß wo. Ein Wind, zart wie Hauch, spielte mit uns, und wir schliefen ein, als der Mond aufging.

Sie wachte vor mir auf, und als ich die Augen öffnete, war sie nicht mehr neben mir. Sie schwamm, und ich machte es ihr nach. Ich konnte mich nicht beherrschen und faßte sie beim Fuß. Der Fuß glitt mir wie ein Aal aus den Fingern. Laß uns rausgehen! Flußabwärts trieben drei Schatten. Tote Soldaten. Sie begraben sie gar nicht erst, sondern werfen sie einfach von der Felswand des Merlot herunter. Ich stoße sie mit der Heugabel weg, damit sie nicht in den Binsen und Schilfrohren hängenbleiben und verfaulen; die sind nämlich mein Palast.

VII
Die Müllerin

In der Nähe der Mühle blieben wir beim Zugang zu einer Brücke stehen, die über eine Biegung des Flusses führte. Eva bat mich, auf sie zu warten; sie würde versuchen, bald zurückzukommen und mich zu holen, und wenn sie nicht gleich käme, sollte ich nicht zur Mühle gehen. Geh vorbei. Es tat mir weh, daß sie mich verließ. Da, sagte ich zu ihr, mehr habe ich nicht, ich schenke es dir. Ich zog das Messer aus der Tasche, das ich von meinem Vater bekommen hatte, und legte es in ihre Hand.

Die Bäume waren alt; unter all dem Geäst mit dem schwarzen Fluß darunter wagte ich nicht zu atmen. Zwei Blätter streiften meine Wange, zuerst das eine, dann das andere, wie die Finger eines Toten. Ein zersplitterter Mond ließ sich vom Fluß davontragen. Flußaufwärts glaubte ich Schatten zu sehen. Jemand war da, der Hilfe brauchte. Jemand ohne Stimme. Das Seil leistete mir Gesellschaft. Ich preßte seine Hanffäden fest zusammen und spürte, daß sie mich beschützten. Die vorbeitreibenden Schatten waren tote Soldaten, die sich langsam dem Schilf näherten. Sie würden die Blätter herunterschütteln, sie würden den Wind herbeirufen, sie würden sich überall festhalten, damit das Wasser sie nicht weit von dort forttrug, wo sie gestorben waren. Eva kam und kam nicht. Sie käme nicht mehr. Indem ich so vor mich hin ging, stieß ich gegen einen Brunnen und versteckte mich hinter ihm. Ich war ganz nah bei der Mühle. Ich hörte Scharniere quietschen, als ob der aufkommende Wind Fenster auf- und zuschlüge. Plötzlich ging das Mühlentor weit auf, und zusammen mit einem Lichtstrahl kam ein weißes Pferd heraus, auf seinem Rücken halb liegend ein dunkler Schatten. Unter den Hufen sprühten Funken. Kurze Zeit später trat ein Mann, der sich unter dem Gewicht eines Sackes krümmte und der von irgendwoher aufgetaucht war, genau in dem Moment in einen Schuppen, als in der Ferne eine Salve zu hören war, die den Rand einer Wolke rot färbte. Ein Lastwagen näherte sich. Er blieb vor dem

Eingangstor stehen, und zwei Männer sprangen herab. Der Mann, der den Schuppen betreten hatte, ging zu ihnen, und sie begannen Kisten abzuladen.

Bald war in der Mühle Geschrei zu hören. Ich stand am Tor und lauschte. Eine dünne Stimme sagte, daß das Pferd nicht im Stall stünde, sein Pferd, das er bei ihnen eingestellt habe. Eine kräftigere Stimme sagte, er habe nicht gewußt, daß das Pferd nicht im Stall sei. Sie sollten rufen. Auf dem Lastwagensitz lag eine Tasche. Ich hatte noch die Hand in ihr und wußte nicht, ob ich einen Apfel oder eine Birne erwischt hatte, als mich ein Schlag ins Genick bewußtlos machte.

Ich bemühte mich, die Augen zu öffnen. Das Geräusch eines sich drehenden Rades betäubte mich. Ich sah alles verschleiert. Endlich bildeten sich helle Flecken, und ich erkannte Mauern, den Mühlstein . . . Augen nah vor meinem Gesicht, wie aus Glas. Endlich ist er wach! rief eine Frau und schüttete lachend einen Eimer Wasser über mich. Diese Frau kam noch näher an mich heran, sie schlug mich und gab mir Küsse dabei. Dich hat es schön erwischt. Sie fragte mich, wie ich hieß, wobei sie mir den Fuß in die Seite stieß. Beim nächsten Mal erwiderst du meine Küsse, du kleiner Dreckfisch . . . Am Eingangstor erschien ein weißes Pferd. Es kam zu mir heran, stand still und schlug mit dem Huf immer wieder auf den Boden.

Nicht wahr, du weißt, daß ich die Müllerin bin? Mein ganzer Körper war von damals, als ich die Tracht Prügel bekam, am Tag des Erhängten, voller blauer Flecken. Ich bin die Müllerin. Sie hatte mich aufgedeckt und begann mich mit einem stinkenden Kräuteröl einzureiben. Du Armer, so zart und so zerschlagen . . . Sobald ich wieder allein war, versuchte ich aufzustehen, konnte mich aber nicht auf den Beinen halten. Ich hatte das Zeitgefühl verloren. Der Mühlstein drehte sich, die Müllerin schaute bei mir vorbei und redete dummes Zeug. Zu essen gab sie mir nichts. Tags stellte sie mir eine Flasche Wasser hin. Nachts stand nichts neben mir. Er ist ein Spion, hörte ich sie sagen. Ein Mann, groß wie ein Riese, packte mich unter den Arm und brachte mich in ein großes, leeres Zimmer und warf mich auf den Boden, als wäre ich ein Kartoffelsack. In der Nacht hörte ich den Lastwagen, Streitereien, nahm Rauch- und Ölgeruch wahr, Gläserklirren. Tags warf die Müllerin ganze Hände voll Mehl auf mich: sie scherzte. Der Mann, der so groß wie ein Riese war, brachte mich wieder nach unten, zum Mühlstein. Gegen Abend begann der Tanz der Fledermäuse. Sie kamen und gingen, drängten sich an der Decke und in den Winkeln zusammen, hingen dort wie angesengte Lumpen.

Heute ist Samstag, sagte die Müllerin und schaute mich an, als wolle sie mich durchbohren. Sie lag halb neben mir und fing an, mich zu küssen. Ich preßte die Lippen zusammen, schloß die Augen. Ich hätte sie umbringen können. Sie gab es auf und sagte wütend, wenn ich nicht so dumm wäre, dann würde sie mir die klügste Art, wie man Liebe macht, beibringen. Hast du es schon mal gemacht? Ich nahm meine Kraft zusammen und verpaßte ihr einen Tritt in den Bauch, daß sie sich zusammenkrümmte. Sie drohte mir mit erhobener Faust. Wenn mein Mann kommt, der bestimmt schon über die Brücke geht, kannst du dich auf was gefaßt machen. Sowie sie ihn kommen hörte, fing sie an zu schreien, ich sei ganz gerissen, ein gerissener Kerl, der so tut, als könnte er kaum stehen, und wenn ich in seiner Nähe bin . . . Der Müller stürzte sich fuchsteufelswild und mit vorquellenden Augen auf mich und schlug auf mich ein, während sie stramm und streng danebenstand und ihn anfeuerte. Schlag ihn tot! Schlag ihn tot! Als der Mann müde war und mich nicht mehr prügeln mochte, setzte er mich auf einen Karren, stieß mich bis zum Fluß und kippte mich unter den derbsten Flüchen in die Binsen, Flüche, die so derb waren, daß ich sie lieber nicht gehört hätte.

Ein kleines Tier kroch zu mir heran. Stöhnend drehte ich mich halb um. Das Tierchen rührte sich nicht. Ich streckte den Arm aus, um es zu berühren, und stieß auf eine eiskalte Hand: ich lag neben einem toten Soldaten. Ich nahm mich zusammen, überwand den Schmerz meiner armen Knochen und tat mein möglichstes, um ein Stückchen hinunterzurollen. Das Schilf hielt mich auf. Es nieselte. Und ich nickte ein, ohne recht zu begreifen, daß mich alles Gute dieser Welt verlassen hatte.

VIII
Du siehst aus wie ein Skelett

In der Gegend, wo die Mühle stand, hörte man eine Explosion, und sofort stiegen eine große Rauchwolke und lodernde Flammen auf. Immer mehr Soldaten bauten aus Planken und Booten eine Brücke über den Fluß. Das Geschrei der Soldaten und der Motorenlärm waren ohrenbetäubend. Sie mußten die ganze Nacht lang gearbeitet haben. Bald fuhren die ersten Lastwagen und Gefährte mit Kanonen über die Brücke, und mittendrin, in panischer Angst, bäumte sich wiehernd das weiße Pferd auf. Zwei silberne Flugzeuge kreisten über der Brücke. Eine Explosion ließ Wasserfontänen aufsteigen. Die Brücke flog in die Luft, und vier Lastwagen stürzten in den Fluß. Was machst du denn hier? Du siehst aus wie ein Skelett. Die Brust entblößt, Blut im Gesicht, schaute Juli-Juli mich an; seine Hände zitterten. Du bist noch mal davongekommen, als du abgehauen bist. Ich mußte ihm erzählen, was ich gemacht hatte. Er war ganz wild danach, zu reden, gleichgültig, worüber. Er setzte sich neben mich. Schau nicht hin. Unter den Überresten der Brücke ist das Wasser rot. Um uns herum sind lauter tote Soldaten. Rede, so viel du willst, aber schau nicht hin. Sag irgend etwas ... mach schon. Schau nicht zur Brücke. Er lachte, während er sich mit dem Arm das Blut aus dem Gesicht wischte. Er lachte noch lauter, schloß die Augen, öffnete sie wieder. Sein Blick wanderte unruhig umher. Weißt du, da gibt's eine Marketenderin ... ihren Karren ziehen zwei Pferde, die sind bloß Haut und Knochen. Sei still, sagte ich und hielt ihm die Hand vor den Mund. Man hörte Flugzeuge fliegen. Dann wurde das Brummen der Flugzeuge immer leiser ... Sie heißt Faustina und verkauft Erdnüsse und Gürtel mit Totenkopfschnallen, mit Kräutern verschnittenen Tabak und abgestandene Getränke. Eine Ambulanz traf bei der Brücke ein. Zwischen den Schilfrohren erblickte ich das Pferd, das ruhig dastand. Im Wasser trieben tote Soldaten und verwundete Soldaten, Bootstrümmer, verbrannte Balken. Und Juli-Juli verkündete, daß der Krieg zu Ende gehe, und bald könnten wir heimkehren, mit wehenden Fahnen, und die Mädchen würden uns Blumen zuwerfen. Das Ganze liegt in den letzten Zügen. Wir müssen versuchen, unsere Haut zu retten. An erster Stelle unsere Haut! Er schwieg einen Augenblick und fragte dann: Bist du noch nie geflogen? Ich fliege nämlich nachts. Darum bin ich auch nie verzweifelt. Sobald ich mich hinlege, denke ich nicht daran, daß über mir eine Decke aus Schilf und Gips ist, sondern der ganze Sternenrausch: Sternenwege und lauter Sternenfelder; und wenn ich eine Zeitlang nur an den Himmel gedacht habe, dann verlass' ich den Ort, wo ich bin, und fliege. Ich sehe die Berge, die Dörfer, das Meer ... alles von oben. Ich betrachtete das Pferd, das zu uns herankam ... mein Atem stockte. Jemand zielte mir ins Kreuz. Zwei Soldaten standen hinter uns. Alles bricht zusammen, und ihr beide quatscht herum. Mistkerle! Einfach herumquatschen. Ohne lang zu überlegen und auf die Gefahr hin, dabei getötet zu werden, spannte ich all meine letzten Kräfte an und rannte zum Pferd, sprang hinauf, und wie aus der Pistole geschossen galoppierte es wild mit mir davon. Ich hörte zwei Schüsse. Zwei Meter vom Pferd entfernt wirbelte eine Kugel ein Staubwölkchen auf. Wir durchquerten einen Wald, ein verlassenes Dorf, ein qualmendes Gehöft. Bis das Pferd plötzlich unvermittelt stehenblieb und ich kopfüber in einem mit Wasser gefüllten Schützengraben landete, genau auf Bartomeu, dem Koch jener Soldaten, die ich verlassen hatte, Bartomeu, der mit einem Maschinengewehr auf die von der andern Seite feuerte und dabei schrie, friß das hier!!!

IX
Die Läuse

Am selben Nachmittag wurde der Rückzug befohlen. Es war Juli-Juli, der mir Bescheid sagte; ich weiß noch immer nicht, wie es ihn dorthin verschlagen hatte, wo ich vom Pferd gestürzt war. Wir waren etwa hundert Männer, allesamt jung, müde, und hatten genug. Die Kolonne machte erst halt, als ein verlassener, von Akazien umgebener Bauernhof in Sicht kam, hinter dem ein Hügel lag. Wir stiegen von den Lastwagen, und gleich wurde das Lager aufgeschlagen. Es war, als ob es nie einen Krieg auf der Welt gegeben hätte, so friedlich schien alles. Ich lernte, wie man ein Gewehr lädt und entlädt. Wie man schießt. Wie alt bist du? Fünfzehn. Du siehst älter aus. Na los, mal sehen, ob du ein guter Schütze wirst. Ich wollte kein guter Schütze sein. Ich zielte entweder tiefer oder höher oder zu weit nach rechts oder nach links von der Pappfigur, die wir treffen sollten. Ich wollte nicht, daß man mir beibringt, wie man jemanden tötet. Die Stöße des Gewehrkolbens renkten mir fast die Schulter aus.

Ich machte es mir zur Gewohnheit, auf den Hügel zu steigen, um meine trüben Gedanken zu vertreiben. Bald folgte mir ein Junge aus Gràcia dorthin nach. Er hieß Agustí und war im Torrent de les Flors zur Welt gekommen. Bei ihm daheim lebten sie vom Milchverkauf, und überall roch es nach Kühen, sagte er, denn der Stall war im Hinterraum des Ladens. Die ganzen Kühe zu Hause! Als er zum Krieg eingezogen wurde, konnte er ohne diesen Kuhgeruch, der ihm seit seiner Geburt vertraut war, nicht schlafen. Seine Mutter weckte ihn immer jeden Tag um vier Uhr früh, damit er die Milch austrug. Er war erst acht Jahre alt. Mit halb geschlossenen Augen und noch ganz verschlafen zog er von einer Straße zur nächsten, mit Töpfen und Meßbechern beladen – manchmal mußte er drei Treppen hochsteigen, nur um ein lächerliches Viertel Milch zu verkaufen, das fünf Cèntims kostete. Doch Punkt sieben Uhr ließ er alles stehen und liegen: Töpfe, Meßbecher und den ganzen Kram, und ab in die Messe!

Der Duft des Weihrauchs berührte ihn zutiefst; die Stille, die Worte des Priesters, die mir so sehr gefielen, weil ich sie nicht verstand. Mit Entzücken betrachtete er die Meßgewänder ... weiße, rosa, gelbe, dunkelviolette Meßgewänder ... alle goldbestickt. Und die Lilien auf den Altären und die Strahlenkronen der Heiligen, Heilige mit einem rosa Knie, das aus dem Schlitz ihrer Tunika hervorguckte. Eine Nachbarin beklagte sich bei seiner Mutter, daß ihr Mann oft nüchtern zur Arbeit müsse: weil ich ihnen keine Milch gebracht hatte; sie habe es aus guter Quelle, die Messe sei daran schuld. Jeden Tag besucht er die Messe. Meine Mutter, die sehr auf das Geschäft sah, verpaßte mir ein ordentliches Paar Ohrfeigen und schickte mich zweimal ohne Essen ins Bett. Ich aber ging in der Nacht hinunter und molk eine Kuh, und ich verschluckte mich fast, so schnell trank ich die Milch, um wieder ins Bett zu kommen. Zuallererst die Pflicht! schrie meine Mutter. Zuallererst die Andacht! sagte Pfarrer Camilo in der Schule mit gefalteten Händen und breitete dann die Arme aus. Ich wußte nicht, was ich tun sollte, aber ich besuchte die Messe, selbst wenn sie schon zur Hälfte vorbei war und ich den Beginn des Werks des Engels nicht sehen konnte, wenn er aus blauen und karmesinroten Platten den Boden der Kirche schuf. Oder wenn er pustete, damit sich die Blase bildete, welche die Kirche und die Kronblätter, die sie stark machten, bedeckte, vom Hochaltar bis zu den hintersten Bankreihen. Was sind Kronblätter? Er sah mich an: Die Blätter der Pflanze heißen Blätter. Die Blätter der Blüte aber heißen Kronblätter. Und er fuhr gleich wieder fort, daß er, weil er die Milch austragen mußte, nicht sehen konnte, wie immer mehr Engel pusteten, um dem Hauptengel zu helfen, während Lichtstrahlen vom Altar zu den Gläubigen und von den Gläubigen zum Altar wanderten. Ich hätte weinen mögen, daß ich so sehr an zu Hause gefesselt war und nicht bei Gott sein konnte, der die Kirchen errichtet hatte, und wenn ich denke, wie viele Kirchen sie angezündet haben, dann würde ich die, die das getan haben, am liebsten töten, auch wenn es verboten ist zu töten. Und wer hat dir das alles denn erzählt, fragte ich ihn, das mit dem Engel, der pustet, und mit der Luftblase, die immer größer wird? Er schwieg eine Weile und sagte leise, das ist ein Geheimnis, und fügte, indem er sich nervös unter dem Arm kratzte, hinzu, da haben wir's: Läuse. Zwei Tage später kratzte ich mich ebenfalls. Ein Schauder, der ganz sacht begann und zuletzt zur Raserei wurde. Vier Tage später gab es keinen Soldaten mehr, bei dem es nicht in den Haaren und in jeder Kleiderfalte von Läusen gewimmelt hätte. Kleine Läuse, große Läuse, zum Platzen reife Eier, weiß wie Hühnerhirn. Bartomeu sagte, er könne sie im Gegenlicht fliegen sehen. Juli-Juli sagte, wir dächten zuviel an sie. Macht sie tot, aber redet nicht darüber. Wir gingen hinunter, um in einem großen Wasserbecken zu baden, das aus einer ununterbrochen fließenden Quelle gespeist wurde. Wir wurden einfach nicht fertig mit der Plage. Sie fliegen! Ich sag euch, sie fliegen! Juli-Juli zerquetschte sie mit höchster Bedachtsamkeit zwischen den Fingernägeln. Wenn er eine besonders dicke erwischte, zeigte er sie uns. Eine Königslaus! Könige waren die Läuse. Sie hockten die ganze Zeit auf uns und stellten sich tot, wenn sie satt waren. Ich sah, wie eine von Ximenos Hemd auf Viadius Schulter flog. Sie fraßen uns auf. Immer das Maul bereit zum Blutsaugen. Sie haben kein Maul, sondern einen Rüssel!

Eines Tages, es war noch dunkel, und wir waren zu fünft oder sechst zum Baden hinuntergestiegen, blieb ich hinter dem Wasserbecken zurück und ließ sie allein weitergehen. Der Krieg war ins Stocken geraten, so als ob er mich mit seinem Frieden drängte, irgendwo hinzugehen, wo ich die Läuse und die Soldaten los wurde.

Mir war nirgends wohl. Weder auf den Feldern noch unter den Bäumen, noch im Innern verlassener Häuser, bis ich eines Nachmittags, als er nur noch drei Schritt von mir entfernt war, einen zerlumpten Mann erblickte, mit weißen Haaren, weißem Bart. Seine Gürtelschnalle stellte einen Totenkopf dar. Wortlos setzte er sich neben mich, holte aus einem schmutzigen alten Korb zwei Pfirsiche hervor, die sind von Trockenfeldern, und gab mir einen. Wir sahen uns in die Augen, und mir war, als ob wir uns seit je kannten, als ob ich ihm, irgendwo und irgendwann, an einem Nachmittag wie diesem, am Feldrand beieinandersitzend, schon einmal begegnet wäre. Während er in das süße, harte Fleisch des Pfirsichs biß, sagte er, ohne mich dabei anzuschauen: Die wichtigen Dinge sind die, die nicht so aussehen. Wichtiger als eine Krone auf dem Kopf, wichtiger als die Macht, die Welt vor sich in die Knie zu zwingen, wichtiger, als den Himmel mit Händen greifen zu können, ist dies: zwischen den Zähnen eine reife Frucht im Licht des sich neigenden Tages ... da, sieh den Sonnenuntergang! Er warf den Pfirsichkern weg, so weit, wie er konnte, wischte sich mit dem Handrücken über die Lippen und ließ mich, den Mund voller Pfirsichgeschmack, allein.

X
Das Mädchen mit dem zweifarbigen Kleid

Ein kleines, grün und rot gekleidetes Mädchen mit schokoladebraunen Strümpfen, das einen bis zum Rand mit Mangold gefüllten Korb trug, blieb vor mir stehen, während ich mit der Hand über mein Gesicht strich, in dem allmählich ein Flaumbart sproß. Juli-Juli hatte mir ein Hemd und eine Hose geschenkt, denn jene, die ich bei unserer Wiederbegegnung getragen hatte, war alt und zerrissen und sah erbärmlich aus. Ich hatte ihm nie von der Lügengeschichte mit der gestohlenen Hose erzählt, und er hatte sie auch nie erwähnt. Ich weiß zwar nicht warum, doch während das Mädchen mich ansah, war ich froh, daß ich keine zerlumpten Kleider trug. Das Mädchen stand still und kerzengerade vor mir und sah mich aus neugierigen Erwachsenenaugen an. Es stellte seinen Korb hin und berührte, bevor es sich neben mich setzte, den Ärmel meines Hemdes. Wie schön ... Ich hatte noch immer den Pfirsichkern im Mund und wußte nicht, wohin damit. Was ißt du? Ich gab keine Antwort. Ich nahm den Kern mit zwei Fingern, obwohl ich ihn am liebsten in hohem Bogen ausgespuckt hätte, und warf ihn weg. Zwischen einem Dorf, das man in knapper Entfernung liegen sah, und uns befand sich ein Gehöft. Gehörst du zu dem Haus dort? Nein, machte sie mit dem Finger. Ich stand langsam, als ob ich es heimlich täte, auf, ging los und merkte sofort, daß mir das Mädchen folgte. Es ging hinter mir her, wobei der Korb mit dem Mangold fast über den Boden schleifte. Die Sonne schien uns in den Rücken, und der Schatten des Mädchens war neben meinem Schatten klein; so wie der Schatten meiner Schwester Laieta, wenn ich Nelkenbüschel vor das Haus trug, um Zwölferbünde zu binden. Bist du aus dem Dorf da? Ja. Hast du dich verlaufen? Sie stellte den Korb hin, zog ein schon halb gelbes Mangoldblatt heraus und legte es mir vor die Füße. Wie häßlich, sagte sie. Ich stand vor ihr und fragte sie, wo sie den Mangold herhabe, war doch in der ganzen Gegend kein Garten zu sehen, und warum sie so klein und allein querfeldein unterwegs sei. Sie gab keine Antwort. Erneut berührte sie den Ärmel meines Hemdes, es ist oliv, sagte sie und schnalzte bewundernd mit den Lippen. Sie stellte sich links neben mich, nahm meine Hand und sagte: Vater. Schritt für Schritt gingen wir vorwärts. Ich begleite dich bis nach Hause, du zeigst mir, wo es ist. Wir kamen zu dem Gehöft; eine alte Frau saß am Eingang und verlas Linsen. Sie schaute uns böse an und senkte den Kopf gleich wieder auf ihre Arbeit. Ein kümmerlicher Hund mit einem Stummelschwanz, der mit einer langen, verrosteten Kette an einen Ring gebunden war, fing an zu bellen, nachdem er uns eine Zeitlang beobachtet hatte. Er bellte und riß dabei so sehr an der Kette, daß er sich fast erwürgte. Still, sei still. Wir ließen das Gehöft hinter uns und hatten noch keine dreißig Schritt zurückgelegt, als ein kleiner Junge hervorschoß und Richtung Dorf rannte, als wären sämtliche Teufel hinter ihm her. Das Dorf war uralt. Die Straße, die wir einschlugen, war sehr schmal und mit Bachkieseln gepflastert, die ein Muster bildeten. Die Häuser hatten kleine Fenster, und in jeder Tür befand sich ein vergittertes Guckfenster. Grün und mit roten Blüten hingen die Pflanzen in ihren Töpfen von den Balkonen. Überall stank es nach Mist und roch es nach Johannisbrot. Aus einem Fenster lehnte ein Mädchen mit feuchten Haaren und einem Handtuch um den Hals; sie schaute uns an und spuckte in dem Moment aus, als eine schwarz gekleidete Bäuerin aus ihrem Haus trat, die zwei Hähnchen trug, deren Kämme röter und krauser waren als Granatapfelblüten. Als sie uns sah, ging sie wieder hinein und schlug die Türe hinter sich zu. Der kleine Junge vom Gehöft kam herbei und schrie wutentbrannt: Da sind sie schon, da sind sie schon!, und gleich war das Geschrei zu hören. Kinderdieb! Die hier wirst du nicht mitnehmen, wie du es mit der andern getan hast. Er ist verwandt mit dem toten Bürgermeister. Wir hängen ihn auf! Alte Leute und Männer kamen die Straße herunter, mit Stöcken und Mistgabeln bewaffnet. Er ist mit dem Bürgermeister verwandt! Aufhängen. Aufhängen. Ohne mich zweimal zu besinnen, befreite ich mich von der Hand des Mädchens, das sich immer fester an mich geklammert hatte, und nahm die Beine unter die Arme. Ich rannte aus dem Dorf, durchquerte einen Bach und ein Feld, das flach wie ein Teller war. Ein tiefes Bachbett hielt mich auf; ich folgte ihm, bis mir das Dorf nur noch wie ein Spielzeugdorf vorkam. Als ich mich umdrehte, um ihm zum Abschied zuzuwinken, stolperte ich über zwei Beine und fiel der Länge nach hin.

XI
Die Skapuliere

Der Mann, der neben einem erlöschenden Feuer schlief, hatte sich nicht bewegt. Im Schein der Glut und des zu Ende gehenden Tages konnte man sein verschwitztes Gesicht erkennen, darum herum Haare, die teils gelb, teils von undefinierbarer Farbe waren. Auf dem oberen Abschnitt seiner Wangen zeichneten sich rote Streifen ab, und die Nase war voller Warzen. Ein Speichelfaden hing aus seinem Mundwinkel. Seine Schienbeine waren kohlrabenschwarz. Er lag auf der Seite schlafend auf einem Graspolster. Während ich ihn beobachtete, öffnete er die Augen, machte sie aber gleich wieder zu. Er atmete geräuschvoll, wie mit Spinnweben in den Bronchien. Es roch nach Kaffee. In einem Topf befand sich auch welcher, und ich goß mir einen Schluck in eine Konservenbüchse, die dort herumlag. Sofort schlief ich ein, als ob das bißchen Kaffee Schlafmohnsaft gewesen wäre. Menschen zogen durch meine Gedanken. Eine endlose Prozession mit nichts anderem im Sinn, als auf und ab zu gehen. Zuletzt betrat die Prozession mein Zuhause, ohne darauf zu achten, wohin sie trat, und zertrampelte alle Nelken. Ich dachte: Sie wissen nicht, was sie tun. Als ich aufwachte, auf irgendwelchen Gipfeln, auf irgendwelchen Bergen, echten Bergen, Dunstgebilden, da glänzte wie eine Muschelschale hoch oben eisig der Mond. Dann ging ein Sternenregen nieder. Das hatte ich noch nie gesehen. Sie weinen, weil Krieg ist, sagte der Alte, der sich aufgesetzt hatte und mich von jeher zu kennen schien. Die Sterne fielen schräg herab; der Wind in den Höhen mochte sie daran hindern, gerade zu fallen. Viele erloschen auf halber Höhe, andere erreichten die Erde. Es gab rosafarbene und bläuliche. Sie mögen keinen Tod mehr sehen. Aber ich, sagte ich zu ihm, habe immer sagen hören, daß ein Sternenregen Krieg ankündigt; ich hätte nie gedacht, daß noch Sterne fallen, wenn der Krieg schon lange dauert. Es gibt eben viele Arten: solche, die den Krieg ankündigen, und die hier, die vielleicht bedeuten, daß er uns bereits im

Nacken sitzt, und niemand weiß, wann er zu Ende ist ... bei Kriegen, mein Sohn, weiß jeder, wann sie anfangen, doch keiner weiß, wann sie zu Ende sind. Das wissen ja schon die kleinen Kinder, sagte ich. Was meinst du damit? Daß es sich nicht lohnt, das noch mal zu sagen, was jeder weiß. Ich habe festgestellt, daß die Leute nur einfach so reden und daß sie immer dasselbe sagen. Und was wolltest du denn? Daß sie nur das sagen, was sich lohnt, und basta. Denk dran, falls du es nicht weißt: das Leben ist eine Wiederholung. Warum sollen die Menschen sich nicht wiederholen, wenn sie reden? Weil es mich müde macht. Dann dürftest du dich selbst auch nicht mögen, du bist ja auch eine Wiederholung. Ich mag mich schon seit Jahren nicht mehr; bin mir selbst zur Last. Alles stört mich, angefangen bei den Haaren bis zu den Füßen ... und dann der Fleck auf der Stirn. Ich wäre lieber eine von diesen Pflanzen, die immer nur sprießen, ohne zu wissen, daß sie leben. Die wissen wohl, daß sie leben und in welche Richtung sie wachsen müssen, um mehr Licht und Sonne zu bekommen. Und die, die Schatten brauchen, in Richtung Schatten. Und die Samen keimen immer dort, wo sie gut keimen können. Eine Gebirgspflanze wird nie in einem Garten wachsen wollen. Und wenn die Menschen sie in den Garten setzen, dann geht sie vor Trauer ein ... Möchtest du noch Kaffee? Woher wissen Sie, daß ich schon Kaffee getrunken habe? Ich schlafe immer mit einem offenen Auge, wie die Hasen. Und damit ich gut schlafen kann, muß ich Angst haben wie die Hasen. Und wir tranken Kaffee, ich aus meiner Büchse, er aus einem verbeulten Stieltopf. Ich fragte ihn, wie er es schaffte, daß er Kaffee hatte: bei uns zu Hause hatten wir nämlich seit Kriegsbeginn keinen mehr bekommen können. Er holte aus einem abgewetzten Koffer eine Papiertüte hervor. Ganz verschmitzt sah er mich an. Dank der Skapuliere. Viele Krämer und Soldaten, die Söhne von Krämern sind, sind noch gläubig. Sie geben mir Kaffee, und ich schenke ihnen Skapuliere. Meine Skapuliere sind die schönsten, die es gibt. Eine alte Frau stellt sie her, die mitten in einem Wald beim Fluß wohnt, ein wahres Miststück. Hier, guck mal, auf denen hier ist die Madonna von den Engeln drauf. Siehst du? Guck sie genau an. Das Kleid der Madonna ist schön, ganz prachtvoll; und ich weiß nicht, wie die Alte es schafft, daß sämtliche Madonnen ihr Mistkrötengesicht haben. Ich schenke dir welche, und dann stirbst du nicht durch eine Kugel. Leg sie nie mehr ab, und vielleicht hältst du sie manchmal nachts eine Weile in der Hand, und weil du an das Glück glaubst, das sie dir bringen, wirst du auch Glück haben. Vergiß nicht, was ich dir sage ... Der Große Wagen stand über uns, und wir schliefen ein. Am frühen Morgen war der Mann mit den Skapulieren nicht da, und ich trug welche um den Hals mit der Muttergottes von den Engeln, die eine Lilie mit sieben Blütenknospen in der Hand hält. Bald brach, noch intensiver muschelfarben als in der Nacht der Mond, der Tag an, brach an vor meinen Augen, die nie genug bekamen von diesem zarten Aufblühen.

XII
Eva

Der Hühnerstall war hinten im Garten. Vorsichtig schlich ich mich durch Artischockenpflanzen heran. Ein Huhn gackerte wie verrückt. Ich würde ihm das Ei wegessen. Es saß aufgeregt auf dem Brutkorb, die Krallen tief im Stroh, und schaute mich an. Das Ei schmeckte nach Haselnüßchen. Drei andere Hühner, die in ihren Brutnestern hockten, hatten totenstill die Köpfe vorgestreckt: Kinnlappen und Kämme hingen herunter, es waren alte Hühner, die viele Eier gelegt und viele Küken herumgeführt hatten. Vom Haus her hörte man eine Tür zuschlagen und gleich darauf das Quietschen einer Seilzugrolle. Vom Ei hatte ich Hunger bekommen. Ich verließ den Garten. Kein einziges Dorf war zu sehen in der Nähe. Um mich herum lauter Felder. Einen Augenblick lang wurde ich von Traurigkeit erfaßt, doch schüttelte ich sie gleich wieder ab. Ich würde schon alles finden, was ich brauchte, und ich ging mit halb geschlossenen Augen weiter, weil mich die dottergelbe Sonne blendete, die gelber als das Dotter des Eis war, das ich getrunken hatte. Während ich so in die Sonne schaute, fiel ich hin und schlug mir das Knie auf. Rot war das Blut, röter als eine rote Nelke und röter als der schlaffe Kamm dieser goldbraunen Hühner.

Um meinen Hunger zu vertreiben, versuchte ich, zwischen Ginstersträuchern am Straßenrand zu schlafen. Um meinen Hunger zu vertreiben und in der Hoffnung, daß jemand wie der alte Mann mit dem Pfirsich vorbeikäme ... Ich träumte gerade, ich sei klein und könne noch nicht laufen und ich sähe einen stehenden Zug, der sehr lang und von Nebel umgeben war ... da faßte jemand meine Hand. Es war eine freundliche Hand. Eine Hand inmitten eines Flusses, an dessen Ufer Binsen und Schilfrohre standen. Es war Eva, zu der diese Hand gehörte; sie hatte jemanden daliegen sehen, vielleicht war er verletzt, und war hingegangen, um ihm zu helfen. Sie trug den Overall einer Milizsoldatin,

Stiefel, einen verwaschenen Pullover und ein Käppi. Die veilchenblauen Augen sahen mich an, als ob sie die Welt anschauten, das, was an der Welt gut und schön ist, und dieser Gedanke trieb mir die Schamröte ins Gesicht. Sie sagte, daß ihr Herz bei meinem Anblick ruhig geblieben sei. Sie habe so viele Menschen sterben sehen; und wenn sie manchmal an mich dachte, habe sie mich für tot gehalten und gelitten ... Umgekommen beim Angriff auf die Mühle ihrer Eltern, die nicht ihre Eltern waren. Ihre richtigen Eltern, die sie selbst ausgesucht hatte, seien der Himmel und die Erde, er voller Sterne, sie voller Blumen. Ich wollte sie fragen, ob sie es gewesen sei, die in jener Nacht auf dem weißen Pferd geritten sei, das aus der Mühle gekommen war, und warum sie am Ufer des Flusses zu mir gesagt habe, daß sie in den Krieg ziehen würde, wenn sie ein Junge wäre, und warum sie in den Krieg gezogen sei, obwohl sie ein Mädchen war, und warum sie mir nicht gesagt habe, daß sie in den Krieg ziehen wollte, als wir zur Brücke kamen und sie zu mir sagte, ich solle auf sie warten, und woher sie wisse, daß die Mühle abgebrannt sei ... doch ich stellte ihr keine einzige Frage, denn sie setzte sich neben mich und lehnte sich ein wenig zur Seite und zog das Taschenmesser hervor, das ich ihr geschenkt hatte, und zeigte es mir, es ist verstümmelt, sagte sie. Ich wollte eine Kiste aufmachen und den Schraubenzieher als Hebel benutzen, und siehst du, der Schraubenzieher ist abgebrochen. Sie war froh, daß sie mich wiedergesehen hatte, und leise fügte sie hinzu, daß sie die Leute nicht mochte, die sie liebten. Wenn man sie liebte, kam sie sich wie gefesselt vor, als ob sie sich nicht rühren dürfe. Sie mußte sich spüren und überall hingehen und helfen dürfen, wem sie wollte; ohne daß das Helfen zur Pflicht würde. Du gefällst mir ... weil du nicht einengst und weil du dieses Gesicht hast. Ich habe dich nur ein paar Stunden lang in meinem Leben gesehen, doch habe ich mich immer an dich erinnert und denke oft an dich, egal ob ich dich sehe oder nicht. Wir haben uns im Wasser kennengelernt ... Sie schwieg eine Weile; meine Gedanken kamen gar nicht nach bei all dem, was sie mir da sagte. Manchmal muß ich wegen meiner Eigenart einfach davonlaufen ... einzig vor den Toten habe ich keine Angst. Sie verlangen nichts; darum tun sie mir auch so leid und habe ich sie so gern, und noch mehr, wenn ich manchmal denke, daß ich bei lebendigem Leib tot bin ... daß ich schon vor vielen, vielen Leben andrer Menschen gestorben wäre ... Man muß sie tief in der Erde begraben, damit sie für immer nah bei den Wurzeln ruhen können. Und Bäume werden können.

Sie ließ meine Hand los: es kam mir vor, als hätte man mich allein gelassen. Sie blickte eine Weile zu Boden und erzählte mir dann, ohne aufzuschauen, daß sie drei sehr schlimm verwundete Soldaten in ein Spital der Nachhut gebracht habe, damit sie in Ruhe sterben konnten. Sie waren jung, wie du, und wollten nicht weniger gerne leben als du. Siehst du den Lastwagen vom Roten Kreuz hinter den Sträuchern? Er hat das Kreuz auf den Seiten und auf dem Dach. Siehst du das Rot von dem Kreuz? Als ich klein war, tötete mein Vater eine Katze, ich weiß nicht, was sie ihm getan hatte; ich sah es, es zerbrach mir das Herz. Bei Tagesanbruch begrub ich sie beim Zugang zur Brücke, dort, wo ich dir gesagt hatte, daß du auf mich warten sollst – weißt du noch? –, am Tag, als wir uns kennenlernten. Oben drauf legte ich ein Kreuz aus roten Blumen. Wenn dann manchmal abends die untergehende Sonne inmitten von Wolken ihren Strahlenfächer aus Licht zur Erde schickte, sah ich mich auf den Fächerstäbchen hinaufgehen, neben mir die Katze, die mich ab und zu ansah ... und ... was ist das?

Sie hatte die Schnur bemerkt, die ich um den Hals trug, und zog sie heraus. Du trägst Skapuliere? Sie lachte. Sie schob ihr Käppi nach hinten, so daß es herunterfiel. Sie trug ihre Haare noch kürzer als ich, und ich war ein Junge. Es ist die Muttergottes von den Engeln, sagte ich. Sie betrachtete sie eine Weile. Wie häßlich sie ist ... es wäre mir unangenehm, wenn ich diese häßliche Muttergottes um den Hals hätte. Ich sagte: Ich habe sie von einem sehr klugen Mann bekommen, der hat mir erklärt, daß mich keine Kugel töten kann, solange ich diese Skapuliere trage.

Wieder lachte sie, und bevor sie aufstand, beugte sie sich zu mir und gab mir einen Kuß auf den Fleck auf meiner Stirn. Kommst du mit? Ich schüttelte den Kopf. Bald darauf hörte ich den Motor des Lastwagens. Im Schein des schwindenden Lichts betrachtete ich die gestickte Muttergottes. Obschon das Kleid, die Lilien und die Lilienblätter schöne Farben hatten, verging mir beim Anblick der Madonna mit dem Gesicht jener häßlichen Alten aus dem Wald die Lust, sie weiter anzuschauen. Ich nahm die Skapuliere ab und steckte sie in die Hosentasche; doch zuvor setzte ich anstelle des häßlichen Gesichts der Alten Evas Gesicht. Kommst du mit? Nein. Um ihr zu gefallen, hatte ich nein gesagt. Wenn nicht das Gras dort, wo Eva gesessen hatte, zerdrückt gewesen wäre, hätte ich geglaubt, daß Eva und Evas Kuß einer jener Träume gewesen wären, aus denen man nie mehr aufwachen möchte.

XIII
Der Bauernhof

Ein Mädchen, das etwas größer war als das Mädchen mit dem Mangold, kam aus einer Bäckerei und trug ein rundes Brot mit sehr dunkel gebackener Kruste. Es fing an zu hüpfen, und das Brot fiel herunter und rollte fast bis vor meine Füße. Ohne einen Augenblick zu überlegen, packte ich es und rannte davon, ohne mich umzudrehen und auf das Geschrei des Mädchens zu achten. Das Brot bekam das Tageslicht nicht mehr zu sehen. Beim ersten Brunnen trank ich mich gründlich satt. Bald schwoll mein Bauch an. Während ich am Boden saß und meinen schmerzenden Bauch hielt, sah ich mehrere Lastwagen mit Soldaten vorbeifahren; dahinter folgten drei von Mauleseln gezogene Fuhrwerke. Der Krieg war zum Greifen nah. Mein Gefühl sagte mir, näher an die Straße zu gehen, doch der Verstand riet mir, sie zu meiden. Ich mochte nirgends hin und mußte doch irgendwo hingehen. Vielleicht würde der Krieg, während ich so zwischen den Dörfern umherzog, enden, und wenn er zu Ende wäre ... Auf einem Fenstersims lag ein Paar Leinenschuhe zum Trocknen. Meine waren schon ganz abgelaufen. Geduckt schlich ich zum Fenster. Hinter einer Hecke zog ich die Leinenschuhe an; sie paßten wie angegossen. Ruhig ging ich weiter. Wenig später sah ich einen Bauernhof mit drei Schobern neben der Tenne vor mir liegen. Auf der einen Seite dehnten sich Felder, auf der andern erstreckten sich in endlosen Reihen Olivenbäume. Vom mittleren Balkon des Bauernhofes hingen Nelken. Ich hörte Geschrei und legte mich auf den Boden. Du unverschämtes Vieh! Du unverschämtes, freches Vieh! Ein kleiner dicker Mann schlug mit einem Knüppel auf einen Hund ein, der sich duckte und winselte. Als der Mann den Hund lange genug geprügelt hatte, ließ er ihn, ohne ihn weiter zu beachten, brummelnd liegen. Der zerschlagene Hund kam mit eingezogenem Schwanz, die Schnauze am Boden, zu mir herangekrochen und leckte meine Hand. Er war sehr groß und hatte schwarzes Fell, das unter dem Bauch jedoch hellbraun war. Er legte sich neben mich, und im Augenblick, da er dies tat, stieß er einen jämmerlichen Seufzer aus. Wenn er heute nacht stirbt, dachte ich, werde ich ihn begraben.

Es war dunkel geworden. Vom Bauernhof her roch es gut nach Suppe. Der Geruch zog mich an, ich ging näher und blieb mit wäßrigem Mund gebannt am Toreingang stehen. Die Bäuerin bemerkte mich gleich. Sie öffnete den Mund, doch es kam kein Schrei heraus. Der Bauer drehte sich um: sein Gesicht hatte die Farbe von Erde, der Bart war dunkel, sein kurz geschorener Schopf sah wie eine Bürste aus. Und zwei Zwillingsmädchen starrten mich an wie zwei Schleiereulen und versuchten, den vollen Löffel auf halbem Weg zum Mund, sich das Lachen zu verbeißen, als ob es furchtbar lustig wäre, daß ich so dreckig herumlief und mein leerer Bauch flacher als eine Flunder war. Mit Donnerstimme befahl mir der Bauer hereinzukommen; ich mußte ihm erzählen, woher ich kam, wie ich hieß, ich sagte, ich sei im Qualm der Explosionen von den Soldaten getrennt worden und hätte mich verirrt. Er sagte seiner Frau, sie solle mir einen Teller Suppe geben. Der Teller war tief, glasiert, sein Rand mit Blumen bemalt; ich betrachtete sie, während ich aß und auf dem Stein beim Kamin saß, weil mir niemand gesagt hatte, daß ich mich an den Tisch setzen sollte. Von dieser fetten, heißen Suppe hätte ich sieben Töpfe essen können. Das Brot, das ich bekam – zwei Scheiben, größer als meine Füße –, brockte ich mir in die Suppe. Ich bemerkte, daß der Bauer ein Holzbein hatte; das war mir entgangen, als er den Hund geschlagen hatte. Er fragte mich, was ich vorhatte. Ich sagte, zu den Soldaten zurückkehren. Da kommst du noch früh genug hin. Hier gibt es jede Menge Arbeit. Und weil ich mich nicht aufraffen und wieder durch die Gegend ziehen mochte, blieb ich da. Ich mußte die Teller abwaschen, und sie zeigten mir, wo ich schlafen würde: in einer kleinen Hinterkammer, mit einer Pritsche und einem Schemel. Man gelangte durch eine kleine Tür gleich neben dem Kamin hinein. Sie schliefen im ersten Stock. Sie ließen mich allein, und ich arbeitete noch in der Küche. Als ich den Suppentopf abwusch, versteckte ich die Knochen darin und schüttete sie nachher um in einen Eimer, unter eine dicke Schicht aus Kartoffelschalen und Kohlblättern.

Die Nacht war mild, blauschwarz und um den Mond herum etwas heller. Ich trug den Eimer und suchte den Hund. Ich konnte ihn lange nicht finden. Er atmete erschöpft, gegen eine Böschung gedrängt. Ohne ihn auch nur zu berühren, legte ich die Knochen in seine Nähe und sah, daß seine Augen glänzten.

Nach vierzehn Tagen auf dem Bauernhof hatte ich mich so gut erholt, daß ich mich nicht mehr erkannte, wenn ich mich im Gänseteich betrachtete. Ich aß Berge von Kartoffeln, Berge von Reis und zahllose Teller mit Schweinefleisch- und Gemüsesuppe. Eines Tages erzählte mir die Bäuerin – sie hieß Fermina, ihre Haut war blaß und ihr Blick feucht und schläfrig wie der des geprügelten Hundes –, daß ihre beiden Söhne, Miquel und Llorenç, die sie mit Mühe großgezogen hatte, im Krieg umgekommen waren. Warum mußten sie sterben? Und für wen waren sie gestorben? Sie hatte sie weggehen sehen, und sie sah sie noch immer: zwei Schatten, die sich gegen den Strahlenkranz der Sonne abzeichneten. Seit damals stand sie jeden Abend eine Weile am Eingangstor und betrachtete den Berg und wartete und wartete und sehnte sich nach ihnen. Unter Tränen gestand sie mir, daß wir einander glichen wie ein Ei dem andern, Miquel und ich, der Kleinere, wie ein Engel sei er gewesen.

Ich mußte viel arbeiten, ich wurde nicht fertig damit: Kartoffeln aushacken, den Garten umgraben und ihn wässern ... Du machst das sehr gut. Und ich erzählte die Geschichte mit dem Nelkenfeld. Ich mußte die Körbe mit der Wäsche zu den Trokkenplätzen tragen, den Stall, den Hühnerhof, den Taubenschlag, die Kaninchenkäfige säubern, dem Pferd, das alt war und auf der linken Hinterbacke eine offene Wunde hatte, auf der immer

Fliegen saßen, Futter geben. Ich mußte abwaschen, die Hühner und die Hähnchen schlachten, Holz hacken und ordentlich aufschichten, für die Zeit, wenn es richtig kalt wurde. Nur das Einsammeln der Eier gehörte nicht zu meinen Aufgaben, denn die Bäuerin hatte, wie sie mir unmißverständlich sagte, Angst, ich würde sie trinken, wie es Miquelet getan hatte, der immer so viele austrank, wie er nur konnte, und wenn sie Omelett essen wollten, mußten sie im Hof weiter unten welche kaufen, und jedes Omelett kostete sie vierzig Eier. Der Bauer verbrachte seine ganze Zeit im Dorf und hockte dauernd beim Kartenspiel im Wirtshaus . . . Der Hund kam langsam wieder auf den Hof; wenn er den Bauern sah, der ihn nicht einmal anschaute, bleckte er die Zähne, und seine Rückenhaare sträubten sich. Ich brachte ihm sein Fressen immer zu jener Böschung wie beim ersten Mal, und er erwartete mich schon. Wenn er gefressen hatte, setzte er sich dicht neben mich, und alle beide betrachteten wir den Mond. Er lief immer hinter mir her. Nie ließ er mich allein. Er war mein guter Kamerad, und wir liebten uns.

Die Zwillinge spionierten hinter mir her. Die Ältere der beiden hieß Teresina. Die Zweitgeborene hieß Camineta; offensichtlich hatte sie bei der Geburt die Beine so bewegt, als ob sie laufen wollte*. Teresina erzählte mir, daß ihr Vater den Hund deshalb zusammengeschlagen hatte, weil er ein Stück Schinken gestohlen hatte, und es gab nichts, was ihn so in Rage brachte wie Diebe. Dabei waren sie es gewesen, die die Schinkenscheibe genommen hatten, und als ihr Vater gemerkt hatte, daß ein Stück Schinken fehlte, hätten sie dem Hund die Schuld zugeschoben. Und so hätten nicht sie die Schläge bekommen. Und sie begannen zu lachen, als wären sie übergeschnappt.

Dumpfe Schläge gegen die Wand am Kamin weckten mich. Ich schlüpfte in die Hose und öffnete die Tür. Es waren die Zwillinge, die sich wie immer, wenn sie mich sahen, krank lachen

* Der Name Camineta kommt von dem Verb *caminar*, gehen, laufen, und bedeutet soviel wie »Läuferchen«.

wollten. Camineta, die goldene Ohrringe trug, sagte leise, ich solle mitkommen, ich müsse ihnen helfen. Sie trug eine kleine Laterne. Wir stiegen, die Hand am Geländer, auf Zehenspitzen die Stufen zum zweiten Stock hinauf. Sie führten mich in einen großen Raum, in dem es nach Lavendel duftete. Über eine Sprossenleiter, die in einem Loch in der Decke lehnte, gelangten wir auf den Dachboden. Wonach es dort roch, war nicht auszumachen. An der Decke hingen Knoblauchzöpfe und Zwiebelbündel. Ich stolperte über einen Kartoffelberg und wich dabei Säcken mit Weizen aus, die noch nicht in die großen Truhen geschüttet worden waren, die ringsherum an den Wänden standen. Ein Kaninchenfell, vertrocknet und nicht richtig aufgehängt, streifte meine Wange. Alles war heiß. Die Zwillinge blieben vor einem hohen Schrank stehen, der bis an die Decke reichte. Rück ihn weg. Camineta, die das Lämpchen hochhielt, zeigte auf das Ungetüm. Rück ihn weg, aber mach keinen Krach. Ich versuchte ihn zu bewegen, indem ich mit aller Kraft dagegen drückte, doch er rührte sich nicht. Ich trat mit dem Fuß gegen ihn. Ohne Krach, habe ich gesagt. Teresina sah mich mit funkelnden Augen an. Ich stemmte den Rücken gegen die eine Seite des Schranks und die Füße auf den Boden und drückte aus Leibeskräften. Es war nichts zu machen. Ich suchte alle Ecken (und Camineta hinter mir her, die mir mit der Lampe leuchtete) nach einem Werkzeug ab, das ich als Hebel gebrauchen könnte. Schließlich fand ich ein langes Brett. Ich klemmte es hinter den Schrank und konnte ihn so ein bißchen nach vorn schieben. Teresina sagte, wenn wir ihn nur zwei Spannen wegrücken könnten, dann kämen wir bereits in die Vorratskammer hinein, dahinter sei nämlich eine Tür, die nach innen aufging. Auf einmal glaubte ich, der Schrank würde wegrutschen und auf mich fallen. Wenn du Krach machst, sind wir verloren. Der Vater wird aufwachen, er schläft gleich hier unten, und wir werden den nächsten Morgen nicht mehr erleben. Dann aber ging, rumms!, eine der beiden Schranktüren auf. Der Schrank war vollgestopft mit Reissäcken. Wir wollen ihn ausräumen. Säcke raus und auf den Boden: Man hätte meinen können, wir arbeiteten im Akkord. Danach war es leicht, den Schrank zu verrücken. Der Raum, den Teresina als Vorratskammer bezeichnet hatte, war so groß wie das ganze Haus und über und über mit Eßwaren gefüllt. Von den Balken hingen Schinken, Salami und Dauerwürste, helle und dunkle Blutwürste, Paprikastreichwürste; da gab es große Krüge voller Öl, Camineta zeigte mir alles, gell, das hast du nicht gedacht?, große Krüge voller Schmalz, ganze Trauben von Fettkugeln, als wären es Kinderköpfe. Krüge mit Eingemachtem: Gans, Truthahn, Kaninchen, Huhn. Teresina, die auf eine Leiter geklettert war, schnitt mit einer Schere, die sie irgendwo hervorgezaubert hatte, die Schnur eines Schinkens durch. Sie schnitt ihn gleich an und teilte dann Stücke davon aus: er war trocken, er war salzig, er war gut. Obwohl uns nicht der Hunger plagte, hatte es den Anschein, als wären wir ausgehungert. In einer Ecke lagen auf Säcken ausgebreitet Äpfel, Kakipflaumen, Feigen ... Wir verließen den Raum mit dem restlichen Schinken, schoben den Schrank wieder hin und richteten ihn so her, wie er zuvor gewesen war.

Den nächsten Tag konnte ich dem Hund nachts nichts zu fressen bringen. Treppauf und treppab waren Schritte zu hören; die Holzstufen knarrten, man hörte gedämpfte, aber wütende Stimmen, ein seltsames Unbehagen lag in der Luft, so daß ich kein Auge zumachen konnte. Als ich aus einem unruhigen Schlaf erwachte, sah ich nicht wie sonst jeden Tag ein bißchen Licht durch den Spalt in der Tür; vielmehr stand sie sperrangelweit offen und mittendrin stocksteif der Bauer, eine Eschenrute in der Hand. Er schaute auf den Schinken, der auf meinem Kopfkissen lag. Der Bauer schleifte mich aus dem Bett, und als er mich auf die Tenne gebracht hatte, begann er mit derselben Wut auf mich einzuprügeln, mit der er damals auf den Hund eingeprügelt hatte. Dieb! Du Dieb! schrie er heiser bei jedem Rutenstreich. Die Zwillinge, über den Balkon mit den Nelken gelehnt – ich sah sie, als ich für einen Moment den Kopf hob –, stießen sich mit den Ellbogen an und lachten. Und plötzlich hörten die Schläge auf. Wie eine Furie hatte sich der Hund auf den Bauern gestürzt und schlug ihm die Zähne in den Hals.

Dicht bei dicht standen kleinblättrige Bäume im Wald und türmten sich glatte, mit gelbem Moos bewachsene Felsbrocken übereinander. Ich lag neben den Steinen und mochte nicht einmal denken. Mit erhobenem Stachel näherte sich ein Skorpion: er kam langsam direkt auf mich zu. Ein großer schwarzer Vogel stürzte sich in einem Hui auf ihn und trug ihn fort.

XIV
Eine Nacht in einer Burg

Tagsüber versteckte ich mich, nachts war ich unterwegs, doch eines Morgens langte ich völlig ausgehungert bei einem Mohrrübenfeld an. Es war ein schönes Gefühl, über all die grünen Blätter zu laufen. Die Mohrrüben waren noch nicht ganz ausgereift, wie Wasser so frisch und süßer als Honig. Wenn du Kaninchen spielst, verpasse ich dir eine Ladung Schrot, daß du nicht mehr aufstehst! Am Waldrand stand ein Mann mit rotem Gesicht und richtete sein Gewehr auf mich. Kaninchen! Kaninchen! Ich rannte aus dem Feld, wie vom Hund des Jägers gehetzt, querfeldein und durch die Reben, bis ich bei einem Hügel ankam, auf dessen Kuppe eine Burg stand. Vor mir lag als großes Wellenspektakel das Meer.

Nicht weit vom Strand befand sich ein walförmiger Felsen, auf dem lauter Krabben saßen. Ich war zu müde, um mir welche zu holen. Auf dem Hügel angelangt, setzte ich mich und lehnte den Rücken an die Mauer, die von Eidechsenschlupflöchern übersät war. Plötzlich vernahm ich Stimmen, die ein Lied von Gewehren und Kugeln sangen. Zwischen Lavendelbüschen tauchten die Köpfe zweier Jungen auf; der eine war kahl, der andere trug einen schwarzen Schopf. Beiden Jungen fehlte ein Arm; dem Jungen rechts fehlte der linke und dem links der rechte Arm. Während sie noch immer sangen, setzten sie sich mit dem Rücken zu mir ein Stück weiter unterhalb hin. Ihre Rucksäcke waren prall gefüllt. Ich konnte nicht erkennen, was sie aßen. Sie tranken direkt aus der Flasche. Der mit dem schwarzen Haar sagte, während er sich den Mund abwischte: Hat Isabel sehr geweint? Sei still. Sie hat sicher sehr geweint. Sei still. Ich dachte, du könntest sie nicht verlassen ... Ich will nicht heiraten, ohne Arm. Ich habe ihr die Postkarte mit dem Granatapfel zurückgegeben. Der mit dem schwarzen Haar sagte, wenn der Krieg zu Ende ist, suchen wir einen, der hinkt und Gitarre spielt, und dann ziehen wir singend durch alle Dörfer. Wir werden erzählen, daß wir uns über die Kugeln und Bomben lustig gemacht haben. Ich, sagte der andere, werde mein Leben lang meinem Arm nachweinen. Die Wut wird mich zerfressen, ich werde ein richtiger Neidsack sein. Denk nicht an den Arm. Wir werden singen und die Herzen unruhig und die Köpfe heiß machen. Als sie gegessen hatten, gingen sie an mir vorüber, ohne mich zu sehen.

Die Steine der Mauer waren warm von der Sonne. Am Tor blieb ich stehen. Der Hof war groß, in den Ecken wuchsen Brombeeren. Neben einem Brunnen lagen eine Fahne mit zerbrochener Stange und ein Gewirr blutiger Laken. Die bunten Scheiben dreier hoher Fenster schienen zu glühen. Der Wind erhob sich, und das Schnauben der Wogen drang bis zu mir. Der Eingang in die Burg war eine dunkle Röhre mit einer Freitreppe ganz hinten. Es gab drei Türen auf dem Podest; ich wählte die mittlere. Der Saal sah aus wie für Riesen erbaut, mit einem Kamin für Riesen. Danach kam ein zweiter Saal mit einem thekenförmigen Tisch in der Mitte und gut dreißig lanzenbewehrten Soldaten aus Eisen, die zwischen den hohen Fenstern und zu beiden Seiten der Türen standen. Ein weiterer Saal, der wie ein Korridor aussah, hatte zwölf Fenster, die aufs Meer gingen; die gegenüberliegende Wand war bedeckt mit Spiegelstücken. Während ich diese Wand betrachtete, die mich zerschnitt, als wäre ich ein Puzzle aus Scherben, nahm ich zum ersten Mal den Geruch wahr: wie die gelben Rosen eines Rosenstrauchs zu Hause, der bis zur Brüstung der Dachterrasse emporwuchs. Eine Treppe mit wenigen Stufen führte direkt zu einer kleinen Tür. Ich öffnete sie. Das Zimmer war dunkel, eine Schachtel ohne Fenster und Balkon. Die Tür schloß sich von selbst. Ich preßte mich an die Wand und hielt den Atem an: Schritte kamen näher, von jemandem, der einen Stock benutzte, tack, tack, tack ... Die Wand, an die ich mich lehnte, öffnete sich ein wenig, und ich erblickte ein Zimmer, das halb im Dunkeln lag; nur vom Kamin schien Licht. Ein Mann saß in einem Sessel und schaute mich an. Tritt ein. Er hatte tiefliegende Augen, einen langen Bart, knotige Hände. Auf einem Tischchen vor ihm lag eine Pistole. Er begann zu sprechen, nachdem er mich zum Platznehmen aufgefordert hatte. Die Burg hier haben schon viele besucht. Da gab es Leute, die mich töten wollten, andere wollten mich retten. Mit vereinten Kräften haben sie mir alles gestohlen. Sämtliche Wandteppiche, die kostbaren, hundertjährigen Möbel ... der schlimmste Verlust war die Sonne ... er zeigte auf einen großen Nagel mitten auf dem Rauchfang, da hing sie, ganz aus Gold, dicker als mein Bauch. Sie hatte ein Gesicht, mit Mund, Augen und Nase. Hörst du nicht zu? Wenn du den Arm ausstreckst ... du könntest mich töten. Die Pistole ist geladen. *Ich* könnte dich töten. Ein beginnendes Leben zu unterbrechen, das wäre schon etwas, aber ich werde es nicht tun: du machst so ein Gesicht wie ein überraschtes Tier, und überraschte Tiere gehören zu der Sorte Tiere, vor denen ich schon immer Achtung gehabt habe, weil die Welt sie so sehr braucht. Sieh her. Ich werde dir ein paar Dinge sagen, die ich dir sagen muß: Kluge Menschen brauchen weder um die Toten noch um die Lebenden zu weinen ... Jede Jugend ist traurig, jede ist in den Händen von anderen Leben ... Er nahm meine Hand. Sie ist gemacht, um Holz und Stein und die zarte Haut der ersten Liebe zu berühren. Bevor sie aufgeht, weiß die Sonne bereits, daß sie die Sonne ist, sie weiß, daß der Tau sie, lange bevor sie aufgeht, erwartet. Schon vor der Entstehung erwartet hat ... er ließ meine Hand los. Die Rückwand des Kamins leuchtete, die Augen des sitzenden Alten auch. In jedem Menschen gibt es tiefe Wurzeln, die ihn mit der großen Weltensinfonie verbinden ... Auf Zehenspitzen verließ ich den Saal. Ich ging die Wände entlang und fand nur verschlossene Türen, Fenster ohne Licht, Treppen. Plötzlich erhellte ein Mondstrahl eine Ecke, wo Schatten am Boden lagen. Ich hörte Stöhnen. Ich wußte nicht, wo ich war. Sämtliche Riegel an den Türen, die ich öffnen wollte, waren eingerostet ... endlich ließ sich ein Riegel drehen ... eine kräftige Hand packte mich am Fußknöchel, und ich konnte den Schrei, der aus meinem Mund herauswollte, gerade noch unterdrücken.

XV
Der Gefangene

Ich bin für immer hier gefangen. Ich bin der Besitzer dieser Burg, die sich ein entfernter Verwandter angeeignet hat, ein Verwandter aus einer verarmten Seitenlinie, den meine Eltern bei sich aufnahmen, als er noch klein war. Alles, was ich hatte, gehörte auch ihm. Doch mit dem Neid, den er heimlich gegen mich hegte, hätte man sieben tiefe Gruben füllen können. Mit Lächeln und Fügsamkeit hatte er mein Vertrauen gewonnen. Er war mein liebster Freund. Sobald der Krieg begann, nahm er mir alles. Zuerst die goldene Sonne, dann die beiden mit Diamanten, Rubinen und Smaragden geschmückten Kelche, die mit Mondsteinen besetzten Kandelaber. Die Burgkapelle wurde aller Wertgegenstände beraubt. Keine Heiligen, keine Altäre, keine Engel, die Heiligenscheine hielten, keine Altargemälde. Mit Hilfe bezahlter Leute ließ er die Goldschmiedearbeiten verschwinden, die Wandteppiche mit Kriegsszenen und Jagdszenen, stürmischer See, mit Liebesszenen. Er übergab mich den bewaffneten Männern, damit sie nicht ihn töteten ... er sagte, er sei der Arme, der Reiche sei ich. Er ließ mir die Knie brechen. Ich weiß nicht mehr, wie lange ich im Graben mit den Erschossenen gelegen habe. Kriechend fand ich in die Burg zurück, wie eine Schlange, mit dem Bauch auf der Erde. Als er mich erblickte, loderte in seinen Augen entsetzlicher Haß auf. Und während er mich, groß und bedrohlich, ansah, sagte er, daß er mich zur Strafe nie sterben lassen würde. Er schaffte mich in diesen finsteren Saal. Manchmal bringt er mir zu essen. Manchmal vergißt er es. Ich sehe ihn nie. Er kommt immer dann, wenn ich am tiefsten schlafe. Du brauchst mich nicht zu bedauern. Versuch nicht, mich zu retten. Vielleicht ist das die Strafe, die ich meiner Lüsternheit wegen verdiene und weil ich mich mächtiger gefühlt habe als Gott. Er hat sich meines Wissens und meiner selbst bemächtigt. Ich lebe von ihm und für ihn. Ich bin er. Ich bin seine Schlechtigkeit, seine Grausamkeit. Nicht diese Mauern sind mein Gefängnis: mein Fleisch und meine Knochen sind es. Lass dich nie unterkriegen ... Er schwieg einen Moment und fuhr mit veränderter Stimme fort. Betrachte die vollkommene Ordnung der Sterne und bewundere sie, den Lauf der Zeit und die Abfolge der Jahreszeiten: den Beginn des Sommers, den Beginn des Winters. Betrachte die Wogen, lausche der Herrlichkeit der Winde, die vier Engel aus den vier Richtungen der wogenden Himmel blasen. Den Blitz, der alles feurig durchzuckt, den rollenden Donner ... Ich liebte die frischen Wangen, die prallen Hintern, die Süße der Brüste, die Schenkel, rosa wie Morgenrot, die Füße wie Schnee und Perlmutt ... Die Bücher, die Weisheit schenken, die glühenden Sonnenuntergänge von meinen Fenstern aus, die Perlenhelle des Nachtgestirns. Mein Leben war ein Diamant. Was sind meine gebrochenen Knochen anderes als ein Mittel, das mich mit dem Reich der Erinnerungen verbindet, mit allem, was ich besaß und was noch immer da ist, weil es im finstersten Winkel meines Herzens lebt? Sag, wo sind die antiken Nymphen inmitten von Lilien und Wasser, das durchs schattige Laubwerk meiner Wälder fließt, Girlanden aus Bittersüß flechtend, die in den Schattengrotten schlafen, in denen die Schreie verlorener Liebe hallen? Mein Fleisch ist matt, meine Haut spröd wie Glas. Ich schlafe auf dem Boden, um mich herum stille Spinnen und Staub, den ich kaue und der ich bin und der ich sein werde, wenn ich im Land der Reinen, weit weg vom blauen Ruf der Sirenen, vom blendenden Licht empfangen werde. Bitte nur immer darum, daß der Mensch diese wunderbare Gottesgabe schauen kann, die uns geschenkt wurde, damit wir sie nicht zerstören noch in die schrecklichen Abgründe stürzen, wo alles erstarrt ...

Halb irr von den Worten dieses irren Mannes, der nicht einmal wußte, wie sein Gesicht aussah, ging ich langsam rückwärts; ich hätte Angst gehabt, ihm den Rücken zuzuwenden. Und während ich noch den Klang seiner seltsam sanften Stimme hörte, purzelte ich einen glitschigen Abhang hinunter. Unten angekommen, versuchte ich aufzustehen. Mit den Armen konnte ich beide Wände berühren. Ich ging durch einen Abwasserkanal, bis mir frische Luft entgegenwehte; dann fiel ich in Ohnmacht.

XVI
Drei Mädchen und eine Orange

Oh, seht mal, beim Ausgang des Abwasserkanals der Burg liegt ein Junge. Ein toter Junge? Wenn er tot wäre, wäre er blasser. Die Stimmen kamen von weither und weckten mich allmählich. Es waren Mädchenstimmen. Mädchen, die um mich herumstanden, bis ein Schatten sich über mich beugte und mir mit etwas Zartem, vielleicht einem Grashalm, vielleicht einer Feder, über die Wange strich. Ich konnte es kaum aushalten. Hör auf mit den Liebkosungen. Ich sah sechs Füße, sechs Beine, sechs Knie. Drei Mädchen blickten mich heiter an. Er hat ein Auge auf und stellt sich schlafend. Siehst du, wie es glänzt? Ich setzte mich auf, und sie liefen lachend und schreiend davon. Ein Schwarm Möwen flog über sie hinweg. Das Geschrei der Mädchen, die nun mit den Füßen im Wasser standen, der Möwenschwarm in diesem hellen Morgen, das alles versetzte mich in eine andere Welt. Eine Orange stieg in die Luft. Die Mädchen spielten Ball mit ihr. Rund stieg sie auf vor dem blauen Himmel und fiel blitzschnell in zwei Hände, die sie am Ende zweier Arme erwarteten. Hinter einem Felsen, der sie zum Teil vor mir verbarg, kam noch ein Mädchen heran, hübsch wie ein Krippenfigürchen. Alles an ihr war kamelienfarben, wie ich später erkannte, ihre Augen groß und schwarz, die Haare hingen offen über die Schultern. Die anderen umringten sie sogleich. Die eine, sie war ganz blond, fragte sie: Du weinst noch? Denk nicht mehr daran. Wenn er durch die Welt ziehen und singen will, soll er doch gehen, und wohl bekomm's. Ihr Bräutigam hat sie verlassen? fragte ein anderes Mädchen, das eine gelbe Bluse trug. Ja, Isabel hatte Angst, daß er im Krieg getötet würde, aber er hat bloß einen Arm verloren. Doch mit bloß einem Arm will er nicht heiraten. Das Krippenfigürchen erzählte nun der mit der gelben Bluse das, was die beiden anderen bereits wußten. Der Vater ihres Bräutigams war Schmied, und er, der Sohn, war stark und mutig; er half seinem Vater, das Eisen zu krümmen. Hammer und Amboß sprühten nur so ... Ich war langsam näher gekommen, und das Krippenfigürchen schaute mich an und sah irgend etwas in meinen Augen, denn ihre Augen wurden tränenfeucht. Das blonde Mädchen sagte, Isabel hat ihn sehr geliebt. Wir kannten uns von klein auf und falteten vor der Burg Schiffe aus Zeitungspapier. Dann gingen wir zum Strand hinunter, legten uns bäuchlings auf den Krabbenfelsen und ließen sie fahren. Das Krippenfigürchen schaute mich erneut an, und wieder schienen ihre Augen und meine Augen nichts anderes mehr sehen zu wollen. Und jetzt wißt ihr alles: Mit bloß einem Arm will er nicht heiraten, und ich habe doch so sehr auf ihn gewartet und so von ihm geträumt. Meine Mutter ist zufrieden: was willst du auch mit einem verkrüppelten Mann? Du wirst schon noch einen besseren und reicheren finden, mit Händen und Armen, wie es sich gehört ... Da rannte das Krippenfigürchen los, bis hin zu den Wellen, und schrie, es wolle sterben. Sie führten sie vom Strand weg, und das Mädchen mit der gelben Bluse kam zu mir und warf mir die Orange zu.

XVII
Der Mann mit dem belegten Brot

Ein Mann legte sich neben mich: er war dick und glänzte, als hätte man ihn mit Speck eingerieben. Er faltete die Hände auf dem Bauch. Ich konnte nur sein eines Auge sehen; die Brauenhaare darüber waren dicker als Espartogras. Das Auge sah mich an und schloß sich schnell, um sich dann langsam wieder zu öffnen. Um ihm zu entgehen, tat ich so, als betrachtete ich den Himmel. Die Möwen flogen noch immer. Zwei von ihnen saßen auf dem Krabbenfelsen. Der Mann hatte ein kleines, aus einem Tuch geknüpftes Bündel zwischen sich und mich gelegt. Er brummelte: Würdest du das Bündel aufknüpfen und mir das belegte Brot geben? Es war ein sehr großes Brot, auf allen Seiten quoll der Schinken heraus. Ich will nicht behaupten, daß ich Hunger habe, doch mit dem Essen kommt der Appetit. Ich reichte ihm das belegte Brot, aber er gab gleich Zeichen, daß er es nicht wollte. Nein, nein ... steck's mir in den Mund. Er machte ihn auf. Seine Zähne waren faul, die kurze fleischige Zunge war mit weißen Härchen bedeckt, das Halszäpfchen feuerrot. Ich führte ihm das Brot an den Mund, er schloß ihn bedachtsam und nahm den ersten Bissen. Der Duft des tomatenfeuchten Brotes und des Schinkens raubte mir den Verstand. Ich ließ das Brot fallen, duckte mich flach auf die Erde und biß kräftig hinein. Ein großes Stück Schinken kam dabei mit. Was machst du? Ich sehe dich nicht. Ich wagte nicht zu kauen, ich wagte nicht mit vollem Mund zu sprechen. Wisch mir die Lippen ab. Ist kein Schinken mehr da? Steck mir das übrige Brot in kleinen Happen in den Mund. Und steck mir das Tuch in die Hosentasche. Er schwieg und schien halb zu schlafen, doch dann begann er zu reden. Seine Stimme, mein Hunger, das Rauschen des Meeres, das alles betäubte mich. Er erzählte mir aus seinem Leben, wobei er jäh nach oben schaute, dann wieder jäh die Augen schloß. Manchmal kamen die Wörter abgehackt aus seinem Mund: Ich wur ... de schon mü ... de ge ... bo ... ren.

Ich werde es am Stück erzählen. Meine Mutter konnte mich nicht stillen, weil ich nicht saugen mochte, und wenn ich es tat, saugte ich nur so langsam, daß sie mich stundenlang auf dem Schoß hatte. Die Hausarbeit blieb liegen. Die Wäsche war immer schmutzig, die Betten nicht gemacht, das Geschirr nicht abgewaschen ... Endlich beschloß sie, mich direkt aus der Flasche zu stillen. Zwei Nachbarinnen übernahmen diese Aufgabe. Die eine machte mir den Mund auf, die andere steckte mir die Flaschenöffnung in den Mund, und die Milch floß hinein. Ich weinte, bekam keine Luft, ich erstickte. Meine Mutter erzählte: Ich weiß jetzt noch nicht, wie er es überlebte. Erst mit fünf Jahren konnte ich laufen, wenn man das überhaupt laufen nennen kann. Alle zwei Schritte setzte ich mich, überall schlief ich ein. Ein paar Schritte, dann ein Nickerchen. Beim Militär wollten sie mich nicht, weil ich alle Augenblicke wie ein Klotz schlief. Sie sagten, eine Erkrankung des Gehirns sei an meiner Müdigkeit schuld. Meine Frau heißt Narcisa, drei Monate nach unserer Heirat ging sie mit dem Schreiber des Notars ins Bett, Herrn Regomir. Na ja, und so lebe ich halt. Ich ziehe nie meine Hosen aus. Wozu auch, wenn ich sie am nächsten Tag wieder anziehen muß? Er schwieg eine Weile. Eine rußschwarze Wolke beeilte sich, die Sonne zu verdecken. Die Möwen wirkten nun weißer. Der Mann, träg und faul, schlief. Eine Biene umkreiste seinen offenen Mund. Ich stand auf und warf einen letzten Blick auf die Burg, weil ich sehen wollte, ob es wirklich eine Burg hier am Strand gab; und als ich mich, nachdem ich eine Weile gegangen war, umdrehte, um sie anzuschauen, hatte ich sie bereits aus dem Blick verloren, und das Meer lag ganz bleifarben da.

XVIII
Das Mädchen vom Strand

In der Ferne sah ich kleine Lichter flackern. Dort gäbe es unbewachte Hühnerställe, Legehennen, Obstbäume. Links von mir, über dem Wasser, bewegte sich ein sehr heller, sehr kleiner Fleck auf und ab: es war ein Schmetterling. Eine leichte Hand faßte meinen Arm. Und eine Mädchenstimme fragte, warum hast du mich angeschaut? Das Gesicht war weiß, es verschwand halb hinter einer dichten Haarmähne. Der Schmetterling kam hergeflogen, um sich dann im Haar des Mädchens niederzulassen. Warum hast du mich angeschaut? Es war ziemlich dunkel, aber ich sah die Flügel des Schmetterlings, der wie tot auf ihren Haaren saß. Ich nahm ihn, und er blieb auf meiner Hand sitzen. Am liebsten hätte ich zu ihr gesagt, wie dumm sie doch sei ... Mit einer Handbewegung warf ich ihn in die Luft. Warum hast du mich angeschaut? Ich wußte nicht, was ich sagen sollte, und das Mädchen vom Strand erwartete, daß ich etwas sagte. Der Schmetterling war nicht zu sehen. Und warum hast du mich angeschaut? Ich setzte mich, und sie setzte sich neben mich. Sie hielt sich die Hand vors Gesicht und sah mich durch die Finger an. Und sie sagte, man schaut nicht so, wie du mich heute morgen angeschaut hast, wenn einem das, was man anschaut, nicht mehr als alles andere gefällt. Jetzt gehöre ich dir. Ich bin dir gefolgt und werde dir folgen ... ich habe sonst keinen Halt. Ich habe nur dich. Angst erfaßte mich. Angst, mich in dieser Stimme zu verlieren, ganz und gar verschlungen zu werden von einer Mädchenstimme inmitten dieser Weite aus Meer und Abend. Immer höher schäumten die Wellen. Sie sagte, daß ihr das Meer angst mache, daß sie ihr Leben lang Angst gehabt habe: Angst vor der Nacht, vor dem Mond, bei dessen bloßem Anblick sie am liebsten laut geschrien hätte. Wolken jagten ihr Schauer ein, bei Blitzen verkroch sie sich unter dem Bett. Später bekam sie Angst vor den Menschen; vor großen Männern, dikken Frauen, lauten Kindern, vor alten Leuten, die tastend umherlaufen, weil ihre Augen erloschen sind, vor bellenden Hunden, vor Vögeln, die gegen den Wind anfliegen. Angst. Angst vor allem. Angst, sich zu bewegen, zu träumen, zu lachen. Angst, daß man sehen könne, wie sie innen beschaffen war. Angst vor einem Schrei, einem Tadel, Schritten unter dem Fenster, vor einem Möbel, das ächzt in der Stille der Nacht. Angst vor den Toten, die sich nähern, um einem plötzlich die Bettücher wegzuziehen. Siehst du? Angst vor den Wellen hier. Doch wenn du bei mir bist, habe ich vor nichts Angst. Ich hörte ihr zu, ohne es zu wollen. Ich wollte allein durch die Welt ziehen. Ich hätte aufstehen und schnell weglaufen sollen. Ich wehrte mich, so gut ich konnte. Zwischen dem Meer und dem Himmel ganz weit hinten ritt Eva auf einem weißen Pferd vorbei. Eva, die nichts wollte und nichts verlangte. Ich werde sein, was du willst, werde alles tun, was du willst. Wir werden ein Häuschen haben mit einem Topf Petersilie vor dem Küchenfenster. Einen Garten voller Rüben und Möhren, Kohl und Endivien. Einen Käfig mit Kaninchen, einen Hühnerstall mit sechs Hühnern, ringsherum sechs Gänse, die besser aufpassen als ein Hund. Ich werde dir zu Mittag und zu Abend kochen. Du bekommst gebratenes Hähnchen zu essen, gegrilltes Kaninchen, Suppe von Seeteufel und Krabben und Petersfisch und Muscheln ... Marmelade aus blauen und gelben Pflaumen, aus Pfirsichen, Erdbeeren, Kirschen. Deine Bettücher werden nach Äpfeln duften, die Handtücher nach frischem Regen, deine Decken leicht wie Nebelflocken sein. Was denkst du? Sie strich mir mit dem Finger über die Wange. Ärgerlich wandte ich den Kopf. Sie rückte ein bißchen weg, und da wandte ich mich zu ihr. Ich liebe ein Mädchen, das nichts will, das nichts will, das einzig und allein sich selbst gehören will. Sie liebt die Flüsse, die Sterne an Land schwemmen, sie hängt sie auf und hängt sie ab, spricht mit ihnen, weiß, woraus sie gemacht sind. Sie liebt die Felsen, das Feuer. Sie hat vor nichts Angst. Auch nicht vor den Toten, die sie mit der Heugabel flußabwärts stößt. Sie braucht niemanden. Das Mädchen ohne Bräutigam strich mir mit dem Finger über die Wange. Was denkst du?

Sie heißt Eva und ist das schönste Mädchen der Welt. Still, sei still! Sie reitet allein auf einem Pferd. Mutig. Und leise fügte ich hinzu: Und wenn ich dich angeschaut habe, was ist dabei? Sie stand auf, lief ein paar Schritte Richtung Meer, blieb eine Weile stehen und kehrte dann zurück. Sie bückte sich, ihre Haarmähne fiel über mich, und nah am Ohr hörte ich ihre Stimme. Denk daran. Ich heiße Isabel. Und sie ging auf die Wellen zu und immer weiter und weiter ins Wasser hinein, und ich sah sie nie wieder.

XIX
Was ich hätte sagen sollen

Ich hätte sie so richtig durchschütteln und dabei anschreien sollen, wie dumm, wie arg dumm sie sei: warum denn sterben wollen, du hast doch das ganze Leben noch vor dir! Wir haben ja alle ein Leben, von dem niemand weiß, wie es sein wird, doch je mehr noch vor uns liegt, desto größer ist auch die Hoffnung. Das Leben ändert sich bei jeder Gelegenheit im Jahr, und vielleicht ist's ein Milch-und-Honig-Jahr, aber es geht zu Ende, und das neue ist wieder anders; ich weiß das von klein auf: nach dem Kummer die Freude. Hätte ihr sagen sollen, daß man Lust haben soll zu wissen, wie die Welt ganz am Anfang war, als noch niemand wußte, daß er Knochen hatte und wozu sie dienten oder wozu der Wurm dient oder der Adler, der fliegt, oder das Blatt, das sich, ohne zu jammern, vom Zweig löst, ein Mensch würde das nämlich tun, wenn er so herabfiele, denn das Blatt weiß, es hat's in seinem Blattblut, daß es im Frühling wieder zum Blatt wird; über die Wurzeln des Baumes ist sein Gespenst dann in den Stamm hinein- und hochgekrochen, bis es erneut alle Winde der Windrose atmet, Rose unter der Sonne, wird die Rose wieder zur Rose, weiß ich's denn nicht besser als jeder andere, glaub mir, Rose, wenn der Tau, nein, wenn die Helle des Taues, nein, wenn noch der Tau, den die feuchte Nacht hervorgebracht, nein, wenn noch der Tau auf den Grashalmen ... Wissen wollen, warum es den Tod gibt, der eigens dafür gemacht ist, um Leute aus der Welt zu schaffen, es gibt zu viele. Weg damit, weg mit den Leuten. Weine nicht, mußt nicht sterben wollen. Ich bin nicht für das geschaffen, was du möchtest. Ich bin fürs Herumziehen geschaffen. Such nicht den Tod, er kommt früh genug. Eins mit dem Stock überziehen! Ja, das hätte ich mit dir machen sollen, statt mir dein Gewinsel anzuhören. Du hattest doch alle Zeit, um ihn aufzuhalten, mit Lebensfreude, mit dem Geschmack von Apfel und Birne, dem königlichen Granatapfel Königinkrone wenn ihr gekräuseltes Blatt abfällt und die Krone sprießt welche die runde harte grüne Kapsel verschließt die mit Diamanten gefüllt ist rot wie Blut wenn man sich schneidet und ein feuerroter Tropfen hervorquillt wie eine Granatapfelperle mit hölzernem Kern in der Farbe deiner Lippen, nicht der Kern, sondern die Blätter der Blüte, hinter denen der Wind herjagt, um die zarte Krone prunken zu lassen, genau, die zarte Krone prunken zu lassen, und du hast durchs Wasser sterben wollen, einen gelben Schmetterling im Haar. Und als du in die Wellen draußen getaucht bist, hätte ich dich packen und wieder an den Strand schleppen und prügeln sollen, windelweich, und wenn du dich von den Prügeln erholt hättest, dann wäre dir alle Lust zu sterben vergangen gewesen, denn es stimmt: Eine tüchtige Tracht Prügel vertreibt so manchen Kummer. Hörst du mich? Ich bin wahnsinnig vor Wut, denn du zwingst mich, an dich zu denken, und zwingst mich, daß ich mich schuldig fühle an einem Tod, den du allein gewählt hast. Ich war ganz ruhig, und du hast mir den Wahnsinnsschmerz eingeflößt. Isabel.

Da lag es bäuchlings vor mir, die Arme verschränkt, das Gesicht auf den Armen, dieses Ich, das ich und auch wieder nicht ich war, und murrte: Geh nach Hause. Zusammen mit der Mutter besorgen wir die große Pflanzung mit Ablegern von weißen Nelken für Erstkommunionssträuße und für Kinderbegräbnisse. Und spottend rief sie mit dünner Stimme: Ich heiße Isabel . . .

XX
Die Frau mit dem Kanarienvogel

Ich hätte geweint, wenn ich nicht das Geklingel eines Glöckchens gehört hätte, das näher kam. Und wenn ich nicht zwischen den Pinienstämmen aus der Richtung, von wo der Ton des Glöckchens kam, einen Lichtschein gesehen hätte, der sich bewegte. Erst als sie vor mir stand, erkannte ich, daß eine alte Frau die Laterne trug. Sie blieb vor mir stehen, ganz in Schwarz und mit einem schwarzen Kopftuch. Außer der Laterne, die sie auf den Boden stellte, trug sie noch einen Regenschirm. Halb hinter ihr versteckt war ein kleiner Junge, der einen Käfig trug. Darin befand sich das Glöckchen. Bist du verwundet? fragte die Alte. Nein. Sie hatte dasselbe Gesicht wie meine Patentante Antònia, eine lange Nase mit einem Höcker, kleine, ruhige Augen, der Mund wie mit dem Messer geschnitten. Seit Jahren hatte ich nicht mehr an sie gedacht, denn sie war seit vielen Jahren tot. Ich sah sie wieder vor mir auf der Bank beim Eingang sitzen, während sie zuschaute, wie ich aus Dreck kleine Brötchen formte, und hin und wieder zu meiner Mutter sagte, du Arme, so ganz ohne Mann. Ich sah sie, wie sie die Wäsche wusch, wie sie mich unter lauter zärtlichen Worten zu Bett brachte und mir erzählte, daß die kleinen Federtiere Engel seien, die sich als Waldschnepfe oder Rebhuhn verkleidet hätten, die man aber wie Tauben schlachten müsse, damit man sie essen konnte ... und, wenn man brav aß, selbst ein Engel wurde, mit den Flügeln auf, auf, und sie wedelte mit der Hand auf und ab. Die Mädchen aus dem Dorf und ich, sagte sie, gehen immer, wenn wir können, und pflegen Verwundete in der Burg. Der Junge stellte den Käfig auf den Boden, dicht neben die Laterne, es ist ein Kanarienvogel, sagte er. Er war grün und hüpfte von einer Sitzstange zur andern, und jedesmal erklang das Glöckchen. Das Glöckchen macht ihn froh und ermuntert ihn zum Singen. Es wundert mich, daß du keine Verletzung hast; alle Jungen oder Männer, die mir halb verloren wie du jetzt begegnen, haben nämlich die eine oder andere Verletzung. Die, die ganz schlecht dran sind, werden in die Burg gebracht. Die Stimme der alten Frau war so heiser, daß es mich nervös machte. Wenn du verwundet wärst, würde ich dich abholen und in die Burg bringen lassen. Ich war drauf und dran herauszuschreien, nein, ich bin nicht verwundet. Weißt du, in der Burg ist ein armer Mann, mit dem geht's zu Ende; sieben Kanarienvögel hat er besessen. Von den sieben konnte nur einer singen. Ach, könnte ich doch Ihren Vogel hören, bat er, als ich ihm erzählte, daß ich einen grünen hätte. Ich versprach ihm, daß ich ihn heute mitnehmen würde, und jetzt bringe ich ihn zu ihm; vielleicht kann er ihn schon nicht mehr singen hören. Gestorben. Fast alle sterben morgens früh. Wenn ich Ihren Vogel hören könnte, Senyora Isabel, ich heiße nämlich Isabel, würde ich glauben, daß meiner nicht bei jenem heftigen Bombenangriff umgekommen wäre, während ich am Hafendamm Schiffe entlud. Sie verstummte und hielt mir die Laterne ins Gesicht. Du lügst. Du bist krank. Dein Gesicht ist kreideweiß, und deine Augen sind rot vom Weinen. Ich habe nie geweint, sagte ich, nicht einmal als ich klein war. Da war jemand in mir und nahm meine Tränen und ließ sie nicht heraus. Wenn du mich nicht brauchst, dann springe ich schnell zur Burg hinauf. Zuallererst sehe ich nach dem Herrn Baron, der nicht mehr recht bei Verstand ist, seit sein Bruder tot ist, dem sie die Knie mit Gewehrkolben zertrümmert haben. Er lebt im Fahnensaal eingesperrt. Sie nahm die Laterne und den Regenschirm, den sie in die Erde gebohrt hatte. Der kleine Junge packte den Käfig, den er beim Tragen halb am Boden schleifte. Kaum waren sie fort, begann es zu regnen. Und mitten im Tosen der Wogen klingelte das Glöckchen vor sich hin.

XXI
Ein Haus am Meer

Ich sah bereits die Lichter eines Dorfes, als ich ein einzelnes Haus bemerkte, bei dem hinter einer Balkontür im ersten Stock Licht brannte. Ich war völlig durchnäßt und sprang vor allem deshalb, weil ich mich unterstellen wollte, über das Mäuerchen, das den Garten einschloß. Im Schutz des Balkons – denn das Wasser ging in Sturzbächen nieder, und der Wind drückte dagegen – fand ich nach längerem Suchen eine angelehnte Tür. Der Geruch war unverkennbar: ich befand mich in einer Küche. Tastend fand ich einen aufgehängten Beutel; ich nahm ein Stück Brot heraus. Wenn ich noch das Salz und das Ölkännchen fände ... Mir lief das Wasser im Mund zusammen, während draußen Blitz und Donner und das Tosen des Meeres ein großes Unwetter in Gang gesetzt hatten. Schritte, die vom Garten her kamen, wurden zu einer Schattengestalt, die sich im Türrahmen abzeichnete und mich wegstieß, um das Licht anzuzünden. Am liebsten wäre ich im Erdboden versunken. Ein Mann in triefendem Regenmantel – man sah schon von weitem, daß er der Besitzer des Hauses war – blickte mich ruhig an. Wortlos öffnete er einen kleinen Schrank und nahm einen bis an den Rand mit Schinken gefüllten Teller heraus, wenn du hungrig bist, iß. Ich sehe, daß du das Brot bereits gefunden hast. Der Hunger verging mir augenblicklich. Der Mann war weder jung noch alt, irgendwie alterslos. Seine Stirn war riesig, seine Wangen wirkten wie aus toter Haut gemacht. Seine gleichmäßig stehenden Zähne waren grün. Sein Blick kam aus seinem tiefsten Innern; als kehrte er aus einer anderen Welt zurück und als wäre die reale ihm lästig. In seiner Krawatte trug er ein goldenes Kleeblatt. Ich erzählte ihm die übliche Geschichte, daß die Soldaten, daß der Krieg, daß ich mich verirrt hätte ... und wie du dich verirrt hast. Er sagte, ich könne zum Schlafen dableiben. Oben steht ein Zimmer leer. Er half mir, Feuer im Kamin zu machen. Der Regen trommelte aufs Dach, der Donner verhallte in der Ferne, das Unwetter verzog sich. Ich legte mich auf den Boden, die Überdecke als Matratze benutzend. Ich wollte nah am Feuer sein. Meine Kleider trockneten über der Stuhllehne. Ich hörte einen Wassertropfen auf Zinkblech schlagen. Das Knistern des Holzes schläferte mich ein; ich lag in unerklärlichem Frieden aufgelöst da ... bei dem Mäuerchen, über das ich gesprungen war, machte ein Junge, der mir ähnlich sah, Seifenblasen mit einem Strohhalm, den er ab und zu in eine Büchse tauchte; die Seifenblasen flogen über einem ertrunkenen Mädchen, das von den Wellen heran- und wieder weggetragen wurde. Eine kleine Nebelgestalt nahm die Blasen, die nicht platzten, und warf sie hoch, als wären es Orangen, und sagte irgend etwas von einem Garten mit Rüben und Möhren. Viele der Seifenblasen verwandelten sich in menschliche Köpfe, die in der Luft schwebten und den Himmel betrachteten. Der Atem des Meeres ließ sie sinken und aufsteigen. Der Tod saß mit grünen Zähnen auf dem Bauch einer Wolke. Sieben zusammengekauerte Frauen mit goldenen Füßen bliesen in sieben lange Trompeten, aus denen Blasen ins Meer schäumten, während die Sense des Todes den Befehl seines Arms erwartete, um die schwebenden Köpfe abzuschneiden ... ich erwachte schweißgebadet. Die heisere Stimme einer Frau rief von der anderen Seite der Tür, ich könne zum Frühstück herunterkommen.

Senyora Isabel, die Frau mit dem Kanarienvogel, stand neben dem Tisch und erwartete mich. Sie erkannte mich gleich. Ich frühstückte ganz allein, und danach ging ich, weil ich nicht wußte, was ich tun sollte, nach draußen und fing an, Brombeer-Sträucher und Unkraut auszureißen. Als es Essenszeit war, klopfte der Herr des Hauses am Meer an die Fensterscheiben und winkte mir, damit ich hereinkam. Die Tischdecke war blauweiß gewürfelt. Weißes Steingutgeschirr. Die Gläser aus dickem Glas. Wie heißt du? Und während der Mann vom Haus am Meer die Serviette auseinanderfaltete, bat er mich, eine Woche zu bleiben.

Abends aßen wir in der Küche. Senyora Isabel bereitete Essen vor, das man mitunter nicht einmal warm zu machen brauchte. Den letzten Bissen noch im Mund, gingen wir zu einem kurzen Spaziergang nach draußen. Sie haben das Licht hinter der Balkontür brennen lassen. Seinetwegen, antwortete er, mag ich immer gern nach Hause zurückzukehren. Wir setzten uns auf einen Felsen und schauten aufs Meer. Wenn es vom Kirchturm des Dorfes zwölf schlug – es wunderte mich immer, wenn ich das hörte, denn seit der Krieg ausgebrochen war, hatte ich keine Glocken mehr schlagen hören –, kehrten wir nach Hause zurück. Wir sprachen kaum. Als wir uns eines Abends zum Essen hinsetzten, sagte der Mann vom Haus am Meer, während er seine Hand über dem Kopf kreisen ließ: Wir sind organisierte Energie. Das ganze Universum ist Energie. Ich wußte nicht, was ich sagen sollte, und schaute woanders hin.

Das Haus war groß. Er zeigte es mir, doch ich werde nicht darüber sprechen, denn er selbst sprach in seinen Aufzeichnungen schon genug darüber. Dagegen werde ich von der Diele sprechen, die nicht sehr breit, aber ziemlich lang war. An der Wand rechts, wenn man vom Eßzimmer herkam, befand sich eine Garderobe mit einem Schemel auf beiden Seiten. Der Spiegel gegenüber der Garderobenablage, der fast vom Boden bis zur Decke reichte, hatte einen Rahmen aus poliertem schwarzen Holz, der von einer Rosengirlande mit einer besonders großen Rose zuoberst in der Mitte gekrönt wurde. Zwischen den aufgeblühten Rosen waren Knospen zu sehen und schön darum herum verteilt lauter Blätter, die jemand grün angemalt hatte und die im Lauf der Zeit verblaßt waren.

XXII
Ein rotes Licht

Wir saßen wie immer dem Meer zugewandt, als wir weit hinten, in der Richtung, wo das Dorf lag, ein rotes Licht erblickten, das an- und ausging. Am Strand, ein Stück abseits von unserem Platz, bewegten sich einige Gestalten; sie redeten, aber man konnte nicht verstehen, was sie sagten. Dann bemerkten wir, daß sie ein Boot ins Meer stießen. Und noch nicht weit vom Strand entfernt, fingen sie an, dem roten Licht, das ihnen aus der Ferne Zeichen gab, selbst rote Zeichen zu geben. Das Boot mochte noch keine zehn Minuten auf dem Meer draußen sein, als man den Motor eines Flugzeugs hörte. Sowohl das Licht am Strand wie das rote Licht in der Ferne hörten auf, sich Zeichen zu geben. Vom Schiff stiegen Feuerschwaden in die Luft, Feuerstreifen, die das Flugzeug suchten. Alles endete mit einer Reihe von Explosionen, gefolgt von Lohen, die in den Himmel zuckten. Das Boot kehrte nicht zurück, und der Flugzeuglärm verstummte. Mitten auf dem Meer brannte Feuer. Die Glocken verkündeten Mitternacht. Gehen wir? Gehen wir.

Als wir nach Hause kamen, führte mich der Herr in die Diele, blieb vor dem Spiegel stehen und fragte mich wiederholt, ob ich etwas darin sähe. In dieser Nacht konnte ich nur schwer einschlafen. Ich hörte, wie er mehrmals die Treppe hinauf- und hinunterging. Was er wohl sehen mochte in diesem Spiegel mit seinem angelaufenen Glas, das so alt war wie das Glas am Spiegelschrank meiner Mutter, an dem ich mir als kleines Kind immer die Nase platt drückte?

Eines Nachts gab ich mir extra Mühe, um nicht einzuschlafen, denn ich wollte herausfinden, was es mit all dem Auf und Ab auf sich hatte. Ich hielt ein Auge ans Schlüsselloch. In seinem Schlafzimmer brannte die Lampe, denn man sah ein wenig Licht auf dem Boden des Wohnzimmers. Langsam ging er hustend vorbei, plötzlich näherte er sich meiner Tür, so daß ich mit einem Satz ins Bett sprang. Ich bekam Lust, dieses Haus zu verlassen, aber ich weiß nicht, was im Blick dieses Mannes lag, aus dem oft Unbehagen sprach, oft schien er auch um Mitleid zu flehen, daß ich aushielt. Er tat mir leid. Ich hatte allmählich genug von dem allnächtlichen Schauder am Meer, wenn wir darauf warteten, daß es zwölf schlug. Und dann dieser Schauder in den Momenten, von denen ich inzwischen schon viele erlebt hatte, angesichts dieses rätselhaften Spiegels. Bis dahin hatte ich die Skapuliere immer schmutzig und zerknittert in der Hosentasche getragen, aber jetzt hängte ich sie mir um. Die alte Isabel trug auch welche. Bei ihren kaum ausgeschnittenen Kleidern waren sie nicht zu sehen, aber auf der einen Seite guckte das Kordelchen heraus, es war schwarz, wie das meiner Skapuliere.

Eines Morgens dann, zur Zeit, da sie zur Arbeit kam, klopfte Senyora Isabel heftig an meine Tür. Der Herr lag mitten in der Diele auf dem Boden, mit offenen Augen und ganz starr. Er lebte noch. Mit großer Mühe brachten wir ihn nach oben und legten ihn ins Bett. Die alte Isabel fragte ihn, ob sie den Arzt rufen solle, der ein Dorf weiter weg wohnte. Er sah uns an, bald sie, bald mich, mit flehenden Augen. Ich will keinen Arzt, Adrià. Es war das erste Mal, daß er mich bei meinem Namen nannte; sonst rief er mich immer nur: komm, komm nach oben, hilf mir oder setz dich oder komm mit, und es schien mir, vielleicht weil er mit der Stimme eines Kranken sprach, daß mein Name anders klang, so daß ich mich älter und stärker fühlte. Dieser Mann vertraute mir. Er lag lange krank zu Bett. Ich brachte ihm das Essen hinauf und die Tassen mit Kräutertee. Ich wechselte ihm die Kleider, wusch und rasierte ihn, saß nachts in der Nähe der Balkontür bei ihm und leistete ihm Gesellschaft. Verlaß mich nicht ... Ich rückte näher. Verlaß mich nicht.

Eines Nachts, als er eingeschlafen war und ruhig atmete, ging ich in die Diele. Unter der Glühbirne, die alles in gelbes Licht tauchte, betrachtete ich mich im Spiegel, der wie immer alt und angelaufen war. Ich sah darin mich, einen Teil der Garderobe, einen Schemel ... Ich betrachtete meine Füße, die Beine, die Hände am Ende der Arme, die Brust, den Hals, die Wangen, die Augen. Meine ganze Gestalt. Was mochte der Herr des Hauses am Meer im Spiegel sehen? Manchmal, wenn er still ruhte, ging ich ins Bücherzimmer und nahm mir ein Buch, nachdem ich vom Balkon aufs Meer geschaut hatte. Ich begriff nicht viel und mochte bald nicht mehr lesen.

Eines Nachts wagte ich mich nach draußen, bevor es zwölf geschlagen hatte. Leichter Regen fiel, und der Geruch des Meeres berauschte die Sinne. Der Sand gab unter meinen Füßen nach, eine Art Nebel lag auf dem Wasser und ließ den Himmel tief erscheinen. Ich ging und ging, bis ich das leere, ausgestorbene Dorf erreichte. Am Rand eines Bachbetts brannte Licht in einem Fenster, und beim Nähergehen stolperte ich über einen Haufen Steine und Ziegel. Ich kletterte hinauf und blickte ins Innere eines Zimmers, mit einem Bett und einer roten Decke darauf, und über dem Kopfende des Bettes hing eine Muttergottes mit einem Kranz aus Rosen ... ein Mädchen zog sich aus, und bevor sie fertig war, streifte sie sich das Nachthemd über den Kopf und stieg aus dem Unterrock. Ich konnte es nicht richtig erkennen, denn obgleich die Vorhänge durchsichtig waren, erschien sie dahinter wie verschleiert. Ich hätte gern ihre Bekanntschaft gemacht, mit ihr gesprochen, erfahren, was sie dachte. Neben ihr geschlafen.

Als ich zum Haus am Meer kam und als ich die Treppe hinaufwollte, sah ich Licht in der Diele. Vor dem Spiegel saß, in einen Morgenrock gehüllt, auf einem Schemel der Herr. Er sah mich nicht.

Er starb tags darauf, bei Einbruch der Dämmerung. Seine Nacht war ruhig gewesen. Als er aufwachte, hatte er nicht diesen erschrockenen Blick wie sonst, aber der Haut in seinem Gesicht fehlte jede Farbe. Er zog einen Umschlag unter dem Kissen hervor und bat mich, ihn an mich zu nehmen. Ich gehe, sagte er, bald werde ich nicht mehr dasein ... in diesem Umschlag befindet sich mein Testament. Mein Letzter Wille. Mach ihn gleich auf, wenn ich nicht mehr da bin. Er aß nichts. Als Senyora Isabel sah, daß ich ihr das Tablett unberührt zurückbrachte, meinte sie, es sei, als ob er schon tot wäre. Ich wachte die ganze Nacht bei ihm. Es war, als ob ich bei einem Heiligen wachte. Nach und nach schrumpelte seine Haut so zusammen, daß man Angst bekam. Die tief in den Höhlen liegenden Augen blickten zur Decke. Obwohl er noch nicht wirklich alt war, verwandelte er sich innerhalb weniger Stunden in ein Bündel aus Haut und Knochen, die immer kleiner wurden. Als ob ein Kind im Bett läge. Auf der Innenfläche der rechten Hand, die halb herumgedreht dalag, hatte er eine lange, schmale, blutende Wunde.

Ich mußte ihn selbst begraben. Der Pfarrer hatte mit Hilfe einer guten Seele noch zu Beginn der Revolution fliehen können. Der Totengräber war zu seiner Schwester gezogen, die auch schon so alt war wie er. In der Kirche fehlten sämtliche Heiligenfiguren. Die Glocken wurden von einem alten Bauern geläutet, der als Kind Ministrant gewesen war. Auf der Straße spielten die Kinder mit den Leuchtern, die von jeher auf dem Hochaltar gestanden hatten – ein Geschenk der Herrschaft der alten Isabel, die wie so viele an die Wand gestellt worden waren.

Ich grub ein Loch in einer Ecke des Friedhofs; zuvor mußte ich einen Gartenjasmin ausreißen, und bei einem Meter Tiefe kamen Knochen hervor. Ich nahm einen Knochen, als wäre es ein Ast. Er war so schwarz und zerfressen, daß ich nicht wußte, ob er von einem Arm oder einem Bein stammte. Ein kleiner Junge, der mir zuschaute, wollte ihn haben: Gibst du ihn mir? Er nahm ihn und sprang fort, wobei er rief: Ein Toter! Der Knochen eines Toten! Der Mann, der uns immer das Brennholz brachte und dem Senyora Isabel Bescheid gesagt hatte, half mir, den Besitzer des Hauses am Meer auf den Friedhof zu transportieren und in die Erde zu betten. Auf das Grab legten wir ein paar jener Steine, die es unter dem Fenster des Mädchens gab, das spät zu Bett ging.

In dieser Nacht, als Senyora Isabel gegangen war, öffnete ich den Umschlag. Es war ein dickes Papier darin, auf dem in deutlicher Schrift geschrieben stand: »Ich vermache meine beweglichen und unbeweglichen Güter Adrià Guinart, der mich begleitet hat bis zur Stunde meines Todes. Dafür bitte ich ihn um einen letzten Gefallen: Er soll alle meine Schriftstücke zerreißen und verbrennen. Pere Ardèvol.« So setzte ich mich an den Tisch im Bücherzimmer und begann mit der Durchsicht der Papiere. Es waren viele, alle schön ordentlich in ausgeblichenen Aktendekkeln. Briefe an eine Bank in Barcelona, Briefe an den Bürgermeister des Dorfes, in denen es um Grundstücke ging, die Senyor Ardèvol verkaufen wollte. Briefe eines Freundes, Esteve Aran, geschrieben in Arenys de Mar, in denen er ihm vom Geheimnis der Träume, der Erinnerungen an ein anderes Leben erzählte. Im letzten dieser Briefe schrieb er, daß er ihn demnächst einmal besuchen käme. In einem besonders gut verschnürten Aktendeckel befand sich ein Bündel Papiere, in dem es nur um Spiegel ging. Am Anfang dieser Papiere schrieb Senyor Ardèvol, daß jeder Mensch der Spiegel des Universums sei. Der Spiegel Gottes. Schließlich fand ich ein Bündel Papiere in schwer lesbarer Schrift, in denen er erzählte, wie er in dieses Haus gekommen war und was es mit dem Spiegel in der Diele auf sich hatte. Über meiner Lektüre wurde es Tag.

ZWEITER TEIL

XXIII
Die Erbschaft

Mit zweiundzwanzig Jahren habe er seinen Onkel beerbt, schrieb er. Schon als kleines Kind sei er Waise geworden; er habe keine Erinnerungen an seine Eltern, und ihr gleichzeitiger Tod sei zumindest ihm ein Rätsel geblieben. Niemand habe ihm je erzählt, wie oder wann seine Erzeuger gestorben seien.

Einmal fand er in der Wohnung seines Onkels, in einem Möbel mit lauter Schubladen, das Porträt einer sehr hübschen Frau mit hellen Augen und hellen Haaren. Es war Sommer, und die Entdeckung dieses Porträts blieb für ihn auf alle Zeit mit dem Duft verwelkter Blumen und endloser Nachmittage verbunden. Als er dann älter war, sah er in trüben Augenblicken immer jenes Bild vor sich, von dem er wünschte, daß es das Bild seiner Mutter wäre, damit er sich an etwas halten konnte. Damit er auf der Stirn die zarte Liebkosung dieser Hände spürte, die ihn von allem Schlimmen befreit hätte, was in ihm war. Mit seinem Onkel hatte er kaum Umgang gehabt. Er hieß Hipòlit. Er war ein herzlicher Mensch, der immerzu irgendwo zu Besuch war, wobei er für die Damen Pralinenschachteln und Kuchenpakete dabeihatte und mit den Ehemännern leidenschaftlich gern Karten spielte. Er selbst jedoch empfing niemanden bei sich. Er lebte allein in einer Wohnung im Carrer Aragó: alte, hochwertige Möbel, echte Teppiche, Türen aus massivem Holz und Fenster mit bunten Glasscheiben. Das Vermögen seines Onkels bestand aus einem Haus in einem Dorf an der Küste, vielen Hektar Grundbesitz und einer sehr beträchtlichen Menge Effekten, was mir zwar unklar war, doch nahm ich an, es seien wertvolle Papiere. Die ganzen Jahre seiner Kindheit hatte er bei seiner Amme verlebt, einer Dorffrau, die nicht mit Gold aufzuwiegen war. Sie hatte ihm in den Kopf gesetzt, daß es nichts Wichtigeres gibt, als Weizen anzubauen, oder daß ein gut gewachsener Kohlkopf mehr Wert besitzt als ein Senyor mit Lackschuhen und bordiertem Jackett. Sobald er groß genug war, steckte ihn sein Onkel in ein Internat. Statt Himmel und weiten Feldern, Quellen mit klarem Wasser und Vogelrufen gab es nun abgeblätterte Wände, trübe Scheiben und hohe Fenster. Er wechselte von einer Schule auf die andere, denn überall wurde er wegen schlechten Betragens hinausgeworfen. Als es um die Berufswahl ging, entschied er sich nach langem Überlegen für die Architektenlaufbahn. Sein Onkel gab ihn dann in eine Familienpension im oberen Teil der Stadt. Jeden Monat erhielt er eine nicht eben bedeutende, aber auch nicht zu magere Summe, um damit seine Ausgaben zu bestreiten. Den Namenstag seines Onkels und Weihnachten feierte er in der Wohnung im Carrer d'Aragó. Er schrieb, daß sein Onkel ein gesetzter Mann war, mit einem leicht nervösen Blick, hängenden Brauen, vorspringendem Kiefer und kurzem Hals. Er machte wenig Worte, war sehr höflich und von tadelloser Erscheinung. Schließlich blieb in einem Jahr die übliche Einladung zu Weihnachten aus. Er wagte es nicht, in der Wohnung zu erscheinen, und wartete auf eine Erklärung des ungewohnten Vorfalls. Wenige Wochen später erhielt er den Brief eines Notars; der schrieb ihm, sein Onkel sei an einem Herzanfall verstorben und vermache ihm seinen ganzen Besitz. Senyor Ardèvol schrieb, daß er sein Studium aufgegeben habe wie einer, der sich einen Dolch aus dem Hals zieht. Die Menschen langweilten ihn, und die wenigen Freunde, die er gehabt hatte, waren seiner zuletzt überdrüssig geworden. Sie sagten zu ihm: Man hat immer den Eindruck, daß du nicht da bist, wo du bist. Nur einen Freund hatte er noch: Esteve Aran. Er schrieb, daß dieser Freund sehr damit beschäftigt sei, das Geheimnis des Daseins zu ergründen, daß er sein Wissen eifersüchtig hüte und fast nie darüber spreche. Die Freundschaft zwischen ihnen war so intensiv, daß der eine die Gedanken des andern erriet. Die Möbel aus dem Carrer d'Aragò landeten auf dem Trödelmarkt oder in Antiquitätenläden: alles wurde zerstreut. Er zog in das Haus auf dem Dorf. Er hatte es besucht und sich sofort in es verliebt. Die Frontseite ging auf eine wenig befahrene Straße. Auf der Hinterseite befand sich ein Garten ohne Blumen, der von einer kleinen Mauer umschlossen war, in deren Mitte sich eine

Tür befand, die immer offen war und auf ein Feld hinausführte, und dieses Feld war nah bei einem Strand mit feinem Sand und klarem Wasser. Das Haus besaß ein Erd- und ein Obergeschoß. Auf der einen Seite war ein vernachlässigter Nutzgarten, auf der anderen ein zerfallener Schuppen.

Im Erdgeschoß, zur Straße hin, befanden sich zwei Zimmer, eins rechts, eins links neben der Diele: ein kleinerer Raum und ein Büro. Am Ende der Diele führte eine Glastür ins Eßzimmer, auf dessen rechter Seite sich die Küche und links eine Nebenkammer befand, in der sich Brennholz stapelte. Ins Obergeschoß gelangte man vom Eßzimmer aus über eine Wendeltreppe, wo man dann einen sehr großen Raum betrat, dessen Wände mit Büchern bedeckt waren. Von dem großen Raum aus ging es ins Schlafzimmer, das sein Schlafzimmer war. Zur Straße hin gab es zwei weitere Schlafzimmer; das eine war für seinen Freund Aran bestimmt, wenn er ihn besuchte, das andere benutzte er, um einen Wust von Sachen aufzubewahren.

Die Möbel waren schwarz. Die stellenweise kahlen Teppiche waren alle rot. Die Lampen konnten nicht schäbiger sein: ein elektrischer Draht, der von der Decke hing, und an seinem Ende eine mattgelb leuchtende Glühbirne. Gleich am Tag nach seiner Ankunft, erzählte er, als er noch schlief, hatte es geklingelt. Hals über Kopf hatte er sich angezogen und war noch ganz verschlafen zur Tür geeilt, um aufzumachen. Vor ihm stand eine alte Frau, die ihn an seine Amme erinnerte. Ich heiße Isabel. Sie fügte hinzu, daß sein Onkel sie immer, wenn er einige Zeit im Haus verbrachte, zum Putzen und Kochen angestellt habe. Falls er wolle, würde sie ihm sehr gern aufwarten. Sie wußte, daß er der Neffe von Senyor Arnau war, daß er alles geerbt hatte und also der Besitzer war. Er behielt sie. Sie kam morgens um neun, arbeitete gut, kochte gut, und nach dem Mittagessen spülte sie das Geschirr und ging.

In den ersten Wochen war ihm die Zeit offensichtlich rasch vergangen. Nach und nach gewöhnte er sich daran, den müßigen Eigentümer zu spielen. Nachdem er so lange in Internaten und

Pensionen gewohnt hatte, kam ihm das Haus wie ein Palast vor. Er beauftragte den Schreiner, er solle ihm noch mehr Büchergestelle bauen, damit er die Bücher, die er von Barcelona mitgebracht hatte, einräumen könne – uralte Bücher, mit seltsamen Namen; ein Buch über die Art und Weise, mit dem Teufel umzugehen, und ein Buch mit den Bekenntnissen des heiligsten aller Heiligen. Nachdem es Herbst geworden war, war er eingezogen und wohnte nun im Haus. Wenn er am Tisch im ersten Stock saß, sah er das Meer und seine Wellen, wie sie sich kräuselten und hoch aufwogten.

Als ich umblätterte, stieß ich auf einige knappe Aufzeichnungen, in denen er beschrieb, wie er sich mühsam an einen Traum erinnert habe. Viele Dinge entschwanden, andere kamen, um sich gleich wieder aufzulösen, und das Ganze wurzelte in den tiefsten Gründen der Seele. Man kann unmöglich einen Traum nacherleben. Er schrieb, er habe nie geträumt, daß ihn die Sonne blendete, habe nie in Farben geträumt, habe nie Geräusche gehört, nie rufen oder reden hören ... aber im Traum jener Nacht seien die Farben kräftig gewesen. Er erinnerte sich an ein Gewitter: wie er davor zu fliehen versuchte. Der Wind zerzauste die Blätter, er sah sie nicht, aber er hörte, was sie oben an den Zweigen durchmachen mußten. Von jedem Blatt fielen Tropfen, als ob die ganze Baumgruppe weinte, von Blitzen geblendet und heftig zerrüttelt von Sturmwinden. Er schrieb, bevor er den Traum erzähle, den er in jener Nacht gehabt und der ihm einen beklemmenden Eindruck hinterlassen habe, müsse er von den Messern sprechen und der Angst, die sie ihm einjagten, als er ein Kind war.

Beim Anblick eines Messers mußte er die Augen schließen, es schauderte ihn. Er schrieb, ein Junge, Fermí Baixeres, der Klassenbeste, habe wegen der seltsamen Dinge, die er sagte und machte, die Aufmerksamkeit vieler seiner Kameraden erregt. Eines Morgens während der Pause, neben der Grotte, in der zwischen Hortensien die Statue irgendeines Heiligen stand, sagte er inmitten einer Schar von Jungen, die ihn bewunderten, daß er sich einen Schnitt in die Hand machen werde, bis auf die Knochen, um ihnen zu beweisen, wie unwichtig physischer Schmerz für ihn sei. Er hatte blonde Haare, mit einem Stich ins Graue, und Augen, die so hell waren, daß sie leer wirkten. Die Gruppe der Jungen, die ihn nicht mochte, denn solche gab es auch, nannte ihn die Sinfonie in Grau. Er war dünn, hatte breite Schultern, und seine langen Arme paßten nicht recht zu seinem Körper. Einmal bemerkte er lachend, daß man schon von weitem sehe, daß er vom Schimpansen abstamme. Es war ein Küchenmesser, mit dickem Griff und schmaler, scharfer Klinge. Konzentriert, die Zunge zwischen den Zähnen, zeichnete er eine Linie, die beim Handgelenk begann und beim Ansatz des kleinen Fingers auslief. Wieder und wieder fuhr er mit der Messerspitze über die Linie, langsam und stetig, bis sie mit Blut überschwemmt war. Nicht einer unter den Jungen, die ihm zuschauten, wagte zu atmen. Und vielleicht hätte er das erreicht, was er sich vorgenommen hatte, nämlich immer tiefer zu ritzen, bis auf den Knochen, wenn ich nicht plötzlich umgekippt wäre.

Im Traum jener Nacht kam kein Messer vor, dafür ein Dolch mit gewellter Klinge, in der sich fünf Löcher befanden. Am folgenden Tag hatte er den gleichen Traum; nicht von einem Dolch, aber von einem Schwert. Der erste Traum hatte mit Wind begonnen, der in den Blättern wehte, unter einem Himmel aus schwarzen Wolken, die von unaufhörlich über den Himmel zuckenden Blitzen durchbohrt wurden. Er fand keine Erklärung für einen Sturm, um so weniger für einen Sturm, der aus dem Nichts kam, welcher ihn mit verlorenen Empfindungen erfüllte, die alles auslöschten, als ob man es ganz ruhig in einen Brunnen werfe und mit der Zeit und den Farben vermischte. Unter strömendem Regen lief er durch ein unbekanntes Dorf und gelangte auf einen kleinen Platz, der auf drei Seiten von Häusern umstanden war, nur ein Geschoß hoch, alle mit Ziegeldach. Auf der vierten Seite saß auf einem Mäuerchen, das von einem Eisengitter gekrönt war, eine graue Katze mit Augen wie Fermí Baixeres und betrachtete ihn mit prüfendem Blick. Er wußte nicht, wie er den Platz betreten hatte ... der Regen hatte dort aufgehört. Alles war ruhig, hinter den mit blühenden Töpfen geschmückten Fenstern der Häuser schienen zahlreiche Menschen zu sein; er sah sie nicht, doch er spürte, wie sie aufmerksam wie die dasitzende Katze jede seiner Bewegungen verfolgten. Plötzlich bemerkte er, daß er ganz altertümlich gekleidet war, mit einem weiten Gewand, das von seinen Schultern bis auf den Boden reichte. Mitten auf diesem halbdunklen Platz, dazu die leuchtenden Augen der Katze – die zähe Stille trübte seine Sinne. Hatte er sich getäuscht? Das weite Gewand, das ihm schwarz vorgekommen war, war weiß, und mitten auf der Brust, gleich wie bei dem Gefolge, das ihn begleitete, trug er ein Kreuz gestickt. Langsam näherte er sich dem dunkel umwogten Eingang. Nach und nach trat aus ihm eine Gestalt, die ebenfalls weiß gekleidet war, ebenfalls ein Kreuz auf der Brust hatte und wie er und alle andern über den Armen Kettenpanzer trug. Als sie ganz nah war, streckte die Gestalt den Arm aus und hielt in der Hand ein mondfarbenes Schwert mit eisernem Griff. Die Spitze des Schwertes berührte seine Stirn; danach legte es sich flach auf seine Schulter, zuerst auf die eine, dann auf die andere. Und alles verschwand, als hätte man es aus der Ferne weggezogen. Um ihn waren nur noch die Häuser, die Mauer mit dem Gitter darauf und die Katze, die ihn beobachtete. Da spürte er hinter sich jemandes Gegenwart. Er wollte sich umdrehen und konnte es erst, als er spürte, wie sich ein Dolch in seinen Rücken bohrte; bevor er fiel, hatte sich zu seinen Füßen eine Blutlache gebildet.

Diese Träume hatten ihn so tief beeindruckt, daß er das Bedürfnis zu fliehen verspürte. Er ging nach Arenys und besuchte seinen Freund Aran. Er sagte zu ihm, daß er eine lange Reise machen müsse, es gehe um seine geistige Gesundheit. Doch es ängstige ihn, ganz allein auf Reisen zu gehen. Er schrieb, daß sein Freund gelächelt und ihm ein großes Glas Cognac eingeschenkt habe. Er sagte, er habe sich schon immer für gotische Kathedralen interessiert und habe zufälligerweise selbst seit einiger Zeit die Absicht, Chartres zu besuchen. Und er fügte hinzu, daß das Bedürfnis seines Freundes, auf Reisen zu gehen, ihn in den eigenen Absichten nur bestärke.

Er kam in das Dörfchen, wo er übernachten wollte. Alles, was er sah, die Straßen, durch die sie kamen, jedes Haus in diesen Straßen, die Toreingänge, die Balkone, alles, alles war, als ob er es schon einmal gesehen hätte. Er sagte seinem Freund nichts, doch der merkte, daß etwas mit ihm nicht stimmte, denn er erkundigte sich einige Male nach seinem Befinden. Er gab zur Antwort, daß ihn die Reise im Wagen müde gemacht habe, doch sei er sicher, wenn er nur gut ausschlafe, werde er sich wieder ganz in Ordnung fühlen. Er aß leicht zu Abend und schlief bald, nachdem er zu Bett gegangen war, ein. Die Bettücher dufteten nach Wäsche wie von früher, Lavendel wahrscheinlich; das Kopfkissen war aus Federn, das dicke Oberbett ebenfalls. Mit jähem Schreck erwachte er mitten in der Nacht. Und sosehr er sich auch bemühte, er fand keinen Schlaf mehr. Er wäre gern aufgestanden, doch was sollte er dann tun? Und während er sich sagte, daß er nicht aufstehen würde, sprang er aus dem Bett und zog sich an. Die Straßen lagen verlassen da. Nicht eine Menschenseele war zu sehen. Aus einer Markthalle roch es nach verdorbenem Gemüse und fauligem Fleisch. Von einem Kirchturm schlug es vier. Er erinnerte sich an den Namen Heinrich IV., eingraviert in den Turm eines Palastes. Von einem Willen getrieben, der aus seinem tiefsten Innern kam, betrat er einen kleinen Platz, den Platz aus dem Traum. Auf drei Seiten erhoben sich eingeschossige Häuser mit Ziegeldächern und Fenstern, an denen es blühte. Auf einer niedrigen, von einem Gitter gekrönten Mauer saß eine Katze mit grauem Fell und schaute ihn an. Er stellte sich vor sie hin; die Katze rührte sich nicht, noch hörte sie auf, ihn zu beobachten. Sie hatte den Blick auf ihn gerichtet, und er war es, der sich abwenden mußte, um diesem Blick zu entgehen. Ein Sturm von Gedanken hielt ihn mitten auf dem Platz fest. Er fühlte, als ob sich eine stählerne Klinge in seinen Rücken bohrte. Er fuhr sich mit der Hand über die schweißnasse Stirn ... Sanftes Licht im Osten kündigte den Tag an. Als er den Platz verließ, war ihm schwindelig. Die Katze saß noch auf dem Mäuerchen. Als er das Hotel betrat, färbte sich der Himmel bereits rosa.

XXIV
Der Spiegel in der Diele

Er erinnerte sich nicht, wann er begonnen hatte, nachts auszugehen; zuerst nur bis zum Strand, später bis zum Dorf, dann, wenn das Dorf schlief. Drei Straßen mündeten auf den Kirchplatz. Die mittlere führte weiter bis an den Dorfrand. Zwölf Uhr war vorbei in einer von vielen Nächten, als er vor einem erhellten Fenster stehenblieb. Er war auf einen Steinhaufen geklettert und sah von dort aus ein Mädchen, das sich auszog. Er sah sie nicht deutlich, weil dünne Gardinen an den Fenstern hingen, die ihm, obgleich sie durchsichtig waren, das Mädchen verschleierten. Daß er sie nicht richtig sehen konnte, gefiel ihm. Wahrscheinlich hatte sie das breite Gesicht eines Bauernmädchens, war plattnasig, gesund, guckte verwundert, er aber stellte sich eine Mischung aus Weiß und Rosa vor, Augen, aus denen die Seele sprach, bebende Lippen ... ein Mädchen, das im Gegenlicht erstand, damit er sie betrachten konnte, ohne sie richtig zu sehen, und darum bis zur Besessenheit an sie denken konnte.

Nachdem er beklommener denn je von der Reise mit seinem Freund Aran zurückgekehrt war, ging er einige Wochen lang nicht aus. Nach und nach kam er jedoch wieder auf seine alte Gewohnheit zurück. Begonnen hatte alles in einer Nacht mit stürmisch aufgewühlter See. Er hatte es so eilig, nach Hause zu kommen, bevor der Regen fiel, daß er zu rennen anfing und mit klopfendem Herzen die Küchentür erreichte. In dem Augenblick, als er eintrat, zuckte ein Blitz über den Himmel. Sein Herz war noch ganz matt, als er in die Diele ging, um den Regenmantel aufzuhängen, und er hatte den Eindruck, etwas wolle ihn aufhalten. Er konnte es nicht richtig erklären, doch er hatte den Eindruck gehabt, als ob ihm die Beine nicht gehorchten und sein eben noch wild schlagendes Herz für Sekunden stehenblieb. Nein, es war anders; es war ihm eher vorgekommen, als ob eine geheimnisvolle Kraft ihm sein Ich entzog. Weiter nichts. Als er sich im Bücherzimmer befand, trank er eine halbe Flasche Cognac, und obwohl die Nacht weit vorgerückt war, las er eine Zeitlang. Er hatte aufs Geratewohl ein Buch herausgegriffen. Und er stieß auf einen Seitenanfang, wo es ungefähr hieß, daß der Mensch Herr seiner Handlungen sei, Herr des Wollens oder Nichtwollens, dank seines Denkvermögens und seiner Vernunftfähigkeit. Die Phantasie ist gefährlich, wenn es darum geht, an den Akt und die Bedingungen des Werdens zu denken ... Ich verstand es nicht richtig ... es hieß – ich las es mehrere Male, damit ich mich daran erinnern konnte –, vielmehr es hieß nicht, sondern es wurde gefragt: Wie kann das Selbst ein Anderer werden?

In der Nacht, die auf diese von ihm zuvor beschriebenen Ereignisse folgte, mußte er sich warm anziehen. Draußen herrschte beißende Kälte. Er verließ das Haus durch die Küchentür, die er angelehnt ließ. Auf den Feldern lag Reif. Er hatte sich auf einen Stein gesetzt, dem Meer zugewandt. Er schrieb, er sei nie ein nachdenklicher, wohl aber ein kontemplativer Mensch gewesen. Zwar habe er sich für das Geheimnis des Lebens begeistert, jedoch nie wie sein Freund Aran das Bedürfnis gespürt, das Geheimnis aufdecken zu wollen. Für ihn sei es ein Geheimnis, an das man nicht rühre. Und ein Geheimnis – und das sei seine eigentliche Daseinsberechtigung – müsse dafür kämpfen, daß es seiner großen Schönheit nicht beraubt werde. Das Meer sah aus wie ein See. Die Wellen waren klein und liefen in ständigen Seufzern sanft am Strand aus. Plötzlich dachte er an das Mädchen hinter dem Fenster, doch wie an etwas, das weit in der Zeit zurücklag. Wieso hatte er das Interesse an ihr verloren, wo sie doch während vieler Nächte der eigentliche Anreiz gewesen war, um überhaupt ins Dorf zu gehen? Und er begann an den Tod zu denken. Er schrieb, daß die Leute sterben und dann unverändert so bleiben sollten, wie jene Formen, die sich wegen fehlender Luftzufuhr konserviert haben und beim geringsten Hauch in Staub zerfallen. Mit wachen Sehnsüchten mitten auf der Straße sterben, während man durch ein schlummerndes Dorf spaziert.

Der Mond tupfte helle Flecken auf die Scheiben seiner Balkontür. Fingerspuren aus Licht, im Spiel von Strecken und Dehnen; Gespenster aus Streifen, leuchtenden Blöcken, verdunkelten Zonen. Er mußte in der Diele stehenbleiben, und während er den Mantel aufhängte, zwang ihn etwas mit aller Macht, sich umzudrehen. Vor ihm befand sich der Spiegel. Er beschrieb ihn. Mit Schrägschliff. Fleckig. Mit einem Mahagonirahmen, den eine Girlande aus Blättern und Blüten abschloß. Er gestand, daß er nie das Bedürfnis verspürt habe, sich wie gebannt im Spiegel zu betrachten. Außer beim Rasieren oder wenn er zur Anprobe zum Schneider ging. Doch in jener Nacht betrachtete er sich im Spiegel und blieb eine Zeitlang versunken davor stehen: nicht in sein Bild, sondern in etwas, das im Spiegel war. Sein Gesicht, schrieb er, war nicht harmonisch; die Stirn zu hoch, die Wangen zu hohl, die Augen zu klein. Im Spiegel, leicht nach rechts hin, erschien ein Paar Augen mit beunruhigend starrem Blick, wie die der Katze auf dem kleinen Platz. Größer als seine eigenen, weniger auseinanderliegend, mit mehr Weiß. Fragende Augen. Er spürte, und das beunruhigte ihn am meisten: es waren, ohne daß sie es wirklich waren, seine Augen. Diese Augen wollten Dinge erzählen, die er nicht verstehen konnte. Mit einiger Anstrengung, denn die Faszination war groß, wandte er den Blick ab, und als er wieder in den Spiegel schaute, war nichts darin. Nur wie gewöhnlich ein Teil der Garderobe, die gelbleuchtende Glühbirne und er selbst. Als er ins Zimmer kam, zündete er den Kamin an: er brauchte die Gesellschaft des Feuers. Er hatte vor, zu lesen, bis ihm die Augen zufielen, damit er nicht denken mußte. Er schaffte nicht eine Zeile. Eine nur allzu begreifliche Neugier zwang ihn in die Diele zurück. Der Spiegel hing da wie immer, mit seinen Flecken und Blüten. Er stieß die Glühbirne an, um zu sehen, ob es durch die Pendelbewegung einen Reflex im Spiegel gab. Er wollte wieder die Augen sehen.

Beim Abendessen dachte er vage an die letzte Seite seiner Lektüre. »Die Gestalt des anderen in sich aufnehmen, ohne seine

Substanz.« Er saß am Meer, und die Unruhe verzehrte ihn. Bald stand er auf und ging ins Haus, nachdem er es eine Weile von der Mauer aus betrachtet hatte. Dann ging er zum Spiegel und stellte sich vor ihn hin. Nach einigen Minuten des Wartens, die ihm unendlich lang erschienen waren, begann er die Augen zu sehen. Sie kamen ganz langsam, fragend und traurig, aber nicht seitwärts wie beim ersten Mal, sondern genau in seinen eigenen zentriert, diese Augen, die seine Augen hätten sein müssen und die eines anderen waren: ein Fleck, zuerst milchig, dann immer deutlicher, überzog sich nach und nach mit einer Form, in der er bald ein Stück Arm erkannte, bedeckt mit einem Kettenhemd und mit einer Hand am Ende mit langen Fingern wie seine eigenen, die Handfläche nach außen gekehrt und in der Mitte eine Wunde. Und neben der Hand bildeten sich Buchstaben: Stigma. Er drehte dem Spiegel den Rücken zu. Als er sich wieder umdrehen wollte, konnte er es nicht. Erst als es vom Kirchturm des Dorfes eins schlug. Da schaute er in den Spiegel, und im Spiegel waren die gewohnten, beruhigenden Dinge: ein Teil der Garderobe, die Glühbirne und er. Stigma. Woher kam dieses Wort, das er noch nie ausgesprochen hatte? In seiner Jugend war da die Wunde gewesen, die Baixeres sich mit dem Messer in die Hand geschnitten hatte ... Er schlug die Bedeutung des Wortes nach. Stigma: Mal oder speziell mit einem glühenden Eisen gemachtes Zeichen, als Ehrenstrafe oder als Zeichen der Sklaverei. Er schrieb, ein Heiliger, Augustinus, habe ihm geholfen, nicht mehr an den Spiegel zu denken. »Fern von Deinen Augen lag ich in der Tiefe. In Deinen Augen gab es nichts Schändlicheres als mich.«

Durch die Terrassentür der Küche sah er in den Garten. Der Mond glänzte golden. Er hatte ein Buch ausgesucht, in dem er während des Kaffeekochens zu lesen begann. Er wußte nicht mehr, welche Figur in diesem Buch sagte, daß Menschen, die zulassen, daß in ihrer Seele irgendeine Art Grauen wohnt, Dinge sehen, die es nicht gibt. Er schrieb, er habe sich verschluckt vor

Lachen. Er hatte sich vom Spiegel mit den Fleckenaugen erschrecken lassen – ebensogut hätte er beim Anblick einer Wolke in Form eines Löwen oder einer Giraffe, die das Blau vom Himmel fraß, erschrecken können. Mit dem Buch unterm Arm und der randvollen Kaffeekanne stellte er sich vor den Spiegel und forderte ihn heraus. Sein wirkliches Ich und nichts anderes als sein wirkliches Ich war im Spiegel zu sehen und dazu noch schlecht gespiegelt: rechts die linke Seite und links die rechte. Er hatte sich für immer von den Augen verabschiedet, von allem, was er im Spiegel sehen konnte. Als ob er gerade aus einem Gefängnis käme, in dem er eine Reihe von Jahren eingesperrt gewesen war, so ging er nach oben. Er nahm ein anderes Buch und griff zu einer Abhandlung über den heiligen Thomas. Die menschliche Seele beginnt ... ich weiß nicht mehr genau, was er schrieb ... durch die Tür ... der Embryo ... Der Vater macht nicht die Seele ... bei der Lektüre der Aufzeichnungen, die ich wegen der Handschrift mitunter mehr erraten mußte als wirklich lesen konnte, wurde mir erst nach und nach klar, daß der Embryo der Anfang eines Menschen ist. Der Vater macht den Körper aus Knochen und Blut. Eine Seele, die wieder in der Welt leben möchte, wartet auf das erste Weinen des Kindes, um dann in es hineinzuschlüpfen ... es wurde nicht ganz deutlich, ob sie im Augenblick des ersten Weinens eindrang oder wenn das Kind noch im Wasser schwamm ... Er legte das Buch beiseite und trat an die Balkontür ... Der Mond glänzte golden. In seinem Innern kehrten Dinge von einst zurück: die Wunde in der Hand von Baixeres ... der Traum, in dem er von einem Dolch getroffen fiel, dessen Klinge fünffach durchlöchert war, damit eine klaffende Wunde entstand. Es hatte schon vor einer Weile zwölf geschlagen. Die Stunde, in der die verborgene Sonne das Blut träger fließen läßt und den schlafenden Menschen in ein dem Tod preisgegebenes Geschöpf verwandelt. Und plötzlich, wie von einer Feder hochgeschnellt, stand er vom Stuhl auf und ging in die Diele. Er setzte sich auf einen der beiden Schemel und rückte ihn vor den Spiegel. Still. Im Spiegel, in den er ruhigen

Herzens und frei von Furcht blickte, tauchten allmählich die Augen auf, die ihn ansahen und die er ansah. Und in dieser Nacht bildete sich das Gesicht. Das Gesicht eines Menschen, der viel gelitten hat. Die Lippen waren fleischig, Lippen von jemandem, der alle Freuden des Lebens ausgekostet hat ... Trotz dieses Mundes strahlte das Antlitz jene hohe Askese aus, zu der man nur nach einem intensiv gelebten Leben gelangt. Im unteren Teil des Spiegels glänzte etwas, von dem sich nicht recht sagen ließ, was es war. Hier endete das Schriftstück.

Ich ging auf den Friedhof und blieb eine Zeitlang dort. Als ich über die Landstraße zurückkehrte, sah ich am Eingang des Hauses ein Fahrrad lehnen, daneben stand ein Mann. Er nannte mir gleich seinen Namen: Esteve Aran. Er war mit dem Auto von Arenys hergekommen, doch auf der Hälfte der Strecke hatte eine Kontrollstreife es ihm weggenommen und als Ersatz das Fahrrad hier gegeben. Ich bat ihn herein und erzählte ihm alles, was geschehen war. Ich sprach von meiner Zuneigung zu seinem Freund, und da ich die Papiere noch nicht zerrissen hatte, gab ich sie ihm zu lesen. Am nächsten Tag zeigte ich ihm das Papier mit dem Testament und sagte, ich wolle nichts, ich hätte schon ein Haus, ich wolle alles Senyora Isabel geben, denn die sei arm und alt. Er hörte mir zu, ließ mich meinen Willen aufschreiben und versicherte, er werde sich persönlich darum kümmern, daß alles zu einem guten Abschluß gebracht werde. Kurz nachdem er gegangen war, ging auch ich, nicht ohne den Schlüssel des Hauses Senyora Isabel übergeben zu haben, die weinte. Sie zog ein Schächtelchen aus ihrer Schürzentasche: Guck mal, was da drin ist. Auf ein Stückchen Kork gespießt ruhte mit ausgebreiteten Flügeln ein gelber Schmetterling. Sobald ich mich von der Überraschung erholt hatte, fragte ich sie, wer ihr den gegeben habe. Eines der Mädchen, das mir manchmal nachts in der Burg hilft. Sie kennt dich. Wie heißt sie, wie sieht sie aus? Sie kennt dich, ich hab es doch schon gesagt, sie hat sehr, sehr lange Haare ... ein anständiges Mädchen, und sie heißt Isabel, wie ich.

XXV
Ich kehrte zurück

Ich war noch nicht lange unterwegs, als ich den Weg wieder zurückging. Vor dem Haus blieb ich stehen: das Licht hinter der Balkontür brannte, wie zuvor. Die Küchentür war angelehnt, wie zuvor. Ich stand mitten in der Küche und rief ein paar Mal: Senyora Isabel! Senyora Isabel! Keiner gab Antwort. Ich verstand nicht, warum ich zurückgekommen war. Ich durchsuchte das Haus von oben bis unten. Im Kamin des Bücherzimmers lag noch die Asche von all den Papieren, die ich zusammen mit Senyor Aran verbrannt hatte. Ich nahm das Schächtelchen, ich hatte vergessen, daß ich es in der Tasche trug. Ich nahm den Schmetterling. Mit einem Finger strich ich über seine Flügel, die zu Staub zerfielen. Ich bekam Lust zu warten, bis es Tag wurde, um dann zum Krabbenfelsen zu gehen, Isabel zu suchen und sie zu erwürgen. Warum hatte sie mir weisgemacht, daß sie sich umbringen wollte? Lohnte es sich, sie noch einmal zu sehen? Was war es denn, was sich im Leben wirklich lohnte? Alles, was ich in diesem Haus erlebt hatte, hatte mich verpflichtet, alles verströmte den Hauch des Menschen, der mich aufgenommen hatte, obwohl er mich dabei ertappt hatte, wie ich ihm ein Stück Brot stahl. Nie mehr würde ich in einem Haus wie diesem wohnen, so nah am Meer, und in ihm drin dieser alte Mann mit seiner Angst. Im Spiegel konnte man die Glühbirne sehen. Ich gab ihr einen Stoß, damit sie schaukelte. Vor dem Spiegel stand meine Gestalt: im dunklen Hemd, ein paar Fäden oben am Kragen, die von einem abgefallenen Knopf herrührten, in einer Hose, die eher zu kurz war ... Die Glühbirne schaukelte. Ich hielt den Atem an, es war, als ob innen im Spiegel sich etwas abmühte, um herauszukommen ... Ich rannte die Stufen hinauf, immer vier auf einmal nehmend, und klemmte einen Stuhl mit der Lehne unter den Türgriff. Auf der Straße fuhren Lastwagen vorbei, auf denen Männer saßen und ein Kriegslied sangen. Ich lag auf den Fliesen vor dem Kamin, wie damals in der ersten Nacht in diesem Haus; so konnte ich schließlich einschlafen. Bei Tagesanbruch erwachte ich. Langsam stieg ich die Treppe hinunter, und ohne noch einmal zu überlegen, zerschlug ich den Spiegel mit einem der Schemel.

XXVI
Das Dorf der drei Akazien

Jeder wäre stehengeblieben und hätte dieses finstere Tal betrachtet, das von einem Fluß zerschnitten wurde. Nicht weit von einem Bauernhof weideten ruhig einige Kühe; ein Junge hütete sie. Bald setzten sich die Kühe und der Junge in Bewegung, und als sie im Stall verschwunden waren, ging ich zum Fluß, denn ich war nah am Verdursten. Jenseits des Bauernhofes lag, ein wenig erhöht, das Dorf, mitten darin stand eine Rauchsäule. Die Rauchsäule kam aus einem Haus, dem schönsten am Dorfplatz. Aus den Balkonfenstern im ersten Stock sprühten Flammen. Alle schrien. Aus dem Eingang kamen Frauen mit Stühlen, Sesseln, dem blau-golden gestrichenen Kopfende eines Bettes, mit Schubladen, drei Nachttischen, einem schwarzen Schaukelstuhl ... Ein paar Alte und Kinder sahen den Frauen zu, die geschäftig das Haus ausräumten. Eine Stimme bemerkte, wenn die Flammen im Erdgeschoß anfingen, aus dem Eingang herauszuschlagen, würden sie die drei Akazien auf dem Dorfplatz verbrennen. Soll doch alles brennen! Haus und Akazien! Sie gehören nicht uns. Neben dem Brunnen lag ein Mann auf dem Bauch, mit drei roten Löchern im Rücken. Das ist der Besitzer des brennenden Hauses, sagte ein Alter mit Baskenmütze zu mir, dessen faltiges Gesicht nur so groß wie eine Faust war; so viel Mühe für seine Schätze, und nun sieh ihn dir an. Ich würde ihn in den Eingang werfen, vielleicht kann man ihn als Fackel brauchen – so ginge nichts verloren.

Der Alte nahm mich mit zu sich nach Hause. Er wohnte in einer Art Höhle mit frisch geweißten Wänden, und der Kamin war schwarz wie die Nacht. Er gab mir zu essen und erzählte mir die Geschichte vom Besitzer des brennenden Hauses. Der war als junger Mann ins Dorf gekommen, suchte irgendeine Arbeit, und der reichste Grundbesitzer stellte ihn an, denn er war stark wie ein Pferd und scheute keine Arbeit. Nach ein paar Jahren heiratete er die Hoferbin, Rosa, deren Knie ganz abgescheuert waren, weil sie ständig auf den Knien lag und betete. Sie hatte immer gesagt, sie wolle eine Nonne werden. Der Mann, der da ins Dorf gekommen war, hatte, ohne es zu wollen, ihre Pläne zerstört, denn Rosa verliebte sich in ihn. Der Vater war gegen die Heirat, aber das Mädchen ließ nicht locker, bis sie erreichte, was sie wollte. Dann kam sofort das Gerücht auf, der Hungerleider habe sie mit Zauberei erobert, sie habe doch schon so viele Anwärter abgewiesen. Bald erkaltete die Beziehung. Der Vater starb. Und der Hungerleider nahm alles in Besitz. Sie bekamen ein Mädchen, Eulàlia, die von ihrem Vater gehaßt wurde, der keine Kinder wollte. Rosa folgte ihrem Vater auf den Friedhof nach, man wußte nicht genau, welche Krankheit sie gehabt hatte. Der Hungerleider behandelte Eulàlia schlechter als einen Hund: sein einziges Ziel war, Geld anzuhäufen. Niemand bekam auch nur einen Bissen Brot zu essen, wenn nicht er den Schrank aufmachte, wo er es eingeschlossen hatte. Er schnitt dünne Scheiben und wartete, bis es etwas trocken war. Ein lausiger Gernegroß. Niemand mochte ihn, aber alle kuschten, weil sie ihn brauchten. Man durfte ja nicht zu oft Wasser aus dem Brunnen schöpfen: das Seil wurde sonst dünn. Er borgte sich Pferde aus, damit seine eigenen nicht die Hufeisen abnutzten. Seine Zähne hatte er ausfallen lassen: Zahnärzte waren Räuber. Seine Tochter hatte traurige Augen, und ihr Körper war so schwach, daß sie sich kaum halten konnte. Bei allen Kaminen war der Schornstein zugemacht, damit kein Holz verbraucht wurde: er versicherte, es würde wärmer, wenn man keine Luft hereinließ, als wenn man Bäume fällte und so die Wälder zerstörte. Die Fingernägel schnitt er sich mit der Küchenschere, denn er hatte sonst keine. Und wenn ihm der Friseur die Haare schnitt, bezahlte er ihn mit ein paar armseligen Früchten oder versprach ihm, wenn die Bäume noch ganz kahl waren, künftige Früchte. Jeder betrachtete ihn mit Haß, doch wer Geld brauchte, mußte ihn darum angehen, obwohl er wußte, daß er es sich teuer bezahlen ließ. Eulàlia – und das Dorf rief: ein Wunder! ein Wunder! – heiratete den ältesten Sohn eines Nachbarn, der sie eines Tages halb verirrt im Wald entdeckte, wie sie bittere Tränen vergoß und sagte, daß sie von zu Hause fortginge. Sie war so weiß, als sie zum Altar schritt, daß sie wie tot aussah. Ihr Vater geleitete sie nicht. Er verfluchte sie, denn ohne seine Tochter mußte er jemanden für den Haushalt einstellen; er fand eine arme, mit Jahren und Sorgen beladene Frau.

Ab und zu fuhr er nach Barcelona und nahm einen kleinen Koffer mit, der leicht zu sein schien, wenn er fortging, und schwer war, wenn er zurückkam. Es hieß, er gehe Gold kaufen. Das Haus des Knickers war eine Ruine, doch jedem erschien es mit Geld gepflastert. Und als dann alles in Aufruhr geriet, drangen ein paar der verwegensten jungen Leute in sein Haus ein, denn sie hatten ihre Eltern nur schlecht von ihm sprechen hören, nahmen ihn mit und sperrten ihn ein. Als sie nicht aus ihm herausbringen konnten, wo er den Schatz versteckt hatte, schleppten sie ihn auf den Dorfplatz, setzten ihm einen Hut aus Papier auf und schlugen auf ihn ein, während die Alte, die bei ihm diente, und zwei Nachbarinnen sein Haus in Brand steckten. Zuvor hatten sie es von oben bis unten durchsucht, jeden Winkel und jede Ritze. Sie hatten Schränke mit der Axt zerhackt, Wände, in denen es hohl klang, niedergerissen, sie hatten Weinfässer ausgeleert, Löcher in die Schornsteine gebohrt ... Das Gold war nirgends. Sie beschlossen, die alten Männer sollten mit Hilfe der Frauen und Kinder das Land umgraben und die Spalten sämtlicher Felsen absuchen ... wer das Gold finden würde, müßte es auf der Stelle sagen, und sie würden es unter sich aufteilen.

Nachts waren noch immer Leute auf der Straße. Unter Geschrei und Gelächter warfen sie Abfall auf den Mann, der als junger Mensch ins Dorf gekommen war, und hörten nicht auf, ihn zu beschimpfen. Gegen Morgen glühte das Haus wie eine Schmiede. Die Akazien hatten versengte Blätter. Sie würden nie mehr blühen können. Der Alte mit der Baskenmütze und ich gingen näher, um den toten Mann anzuschauen. Unter dem Abfallhaufen ragten nur noch seine Füße hervor.

XXVII
Der Mann mit der Katze

Ich überquerte den Vorplatz. Genau vor der Tür des Cafés wuchs ein Feigenbaum. Drinnen waren lauter zerbrochene Flaschen. Ich setzte mich an einen Tisch, um nachzudenken. Ich kam gar nicht erst dazu, weil gleich darauf ein Mann mit krummem Rücken eintrat, der hinkte. Er trug einen Korb in der Hand: daraus holte er eine Flasche Wein hervor und ein dick mit Speck belegtes halbes Stangenbrot. Er schaute mich an, wartest du auf jemanden? Hier ist das Leben, wie du sehen kannst, stehengeblieben. Bist du über die Landstraße gekommen oder durchs Dorf? Über die Landstraße. Da hast du also nicht die Aschenhaufen auf den Straßen gesehen. Nicht mal ein Hund ist mehr da, um mit dem Schwanz zu wedeln. Ich zuckte die Schultern und sagte, es sei mir egal, daß das Leben stehengeblieben sei, und daß ich auf niemanden wartete. Er biß in sein Brot, und dabei kam ein Stück Speck mit, so wie bei mir ein Stück Schinken aus dem belegten Brot jenes faulen Mannes am Strand mitgekommen war. Arbeite, jetzt, wo du jung bist. Bring mir ein Messer: zweite Schublade in der Theke rechts. Ich hätte ihm das Messer geben und dann gehen sollen, mir war nämlich überhaupt nicht nach Reden, doch es gefiel mir da drinnen, mit all den zerbrochenen Flaschen, den leeren Regalen und den paar Fliegen, die friedlich umherflogen. Der Mann mit dem Korb trank den Wein direkt aus der Flasche, mit geschlossenen Augen, die eine Hand unter dem Hals. Er sagte, daß das Café sein Café sei, nicht daß es ihm gehöre, aber doch zeitlebens sein Café, das er besucht habe, sobald er alt genug dafür gewesen sei. Er lebte vom Katzenkastrieren und von kleinen Dienstleistungen. Als die Besitzer des Cafés umgebracht wurden ... traurig, nicht wahr? Entfernte Verwandte hatten sie umbringen lassen, denn als sie den Besitzer einst um hunderttausend Peseten angingen, sagte er, die habe er nicht, und das war wahr. Sie dachten, er verweigere sie ihnen, und als dann alles in Aufruhr geriet, zack – erschossen. Das Café hier war also immer mein Café und wird es auch bleiben, wo sollte ich sonst hin. Im Haus, wo ich wohne, ist die halbe Decke eingestürzt. Er schwieg und sah mich an, den Kopf gesenkt, den Blick ein wenig nach oben. Willst du die Katze sehen? Ich tat zerstreut und schaute nach draußen. Ja, ich weiß, ich bin ein lahmer Kerl. Mein Vater war anders ... Er stellte Krüge und Schüsseln her. Nahm er Ton in die Hand, gleich entstand etwas. Und weil der Mann mit dem Korb mich beim Reden ansah und ein wenig lachte, so als dächte er, ich hätte von nichts eine Ahnung, sagte ich zu ihm, sein Vater sei gar nicht sein Vater. Er nahm die Flasche und hätte sie mir fast an den Kopf geworfen, doch er beherrschte sich. Sein Vater, erklärte ich ihm, habe nur seinen Körper gemacht; die Seele sei eine umherirrende Seele, die schon jahrelang eine Unterkunft gesucht habe. Und bei seinem ersten Atemzug sei sie in ihn hineingeschlüpft. Mit wuterfülltem Blick fragte er mich, ob ich von der Quelle mit dem Mondwasser getrunken hätte. Vermutlich damit ich schwieg, zog er ein Paket aus seinem Korb hervor, willst du sie sehen? Es war eine ausgestopfte Katze, den Schwanz an den Körper geschmiegt, die Ohren gespitzt. Eine getigerte Katze. Meine Frau konnte sie nicht ausstehen, und ich legte sie ihr immer auf den Nachttisch ... das würde ich gern mit vielen Leuten machen: mit Stroh füllen, und dann sollen sie ruhig sein. Schön voller Stroh. Die Katze, so wie du sie hier siehst, hat Nachbarn gehört. Eine prima Mauserin. Eine Prachtkatze. Ihre Besitzer sorgten rührend für sie: sie aß von einem Porzellanteller und schlief auf Samt. Reiche Nachbarn, die so viele Katzen halten konnten, wie sie wollten. Und ich biß jede Nacht ins Kissen, förmlich zerfressen vor Neid. Und damit ich sie haben konnte, lernte ich, wie man ausstopft. Ich lockte sie zu mir, indem ich ihr einen Hühnerkopf zeigte, der an eine Schnur gebunden war ... mißtrauisch kam sie in den Garten, und ich gewöhnte sie an mich. Von da an schlief ich immer mit der Katze neben mir. Auch in der Hochzeitsnacht. Als meine Frau, sie ruhe in Frieden, starb, lernte ich miauen, und vor dem Einschlafen, mit der

Katze im Bett, miaute ich eine Zeitlang, als ob es die Katze wäre, die mir ein Ständchen bringt. Ich miaue auch jetzt noch. Und so schlafe ich dann ein.

XXVIII
Stolz

Es wurde hell. Ich hatte schlecht geschlafen, mit den Armen auf dem Tisch und dem Kopf auf den Armen. Der Nacken tat mir weh, und ich hatte Kupfergeschmack im Mund. Jenseits des halb von Nebel überdeckten Vorplatzes stand ein Lieferwagen mit eingeschalteten Scheinwerfern; Schatten stiegen ein und aus. Zwei Männer näherten sich, jeder mit einer Kiste auf dem Rükken. In dem Augenblick, als sie das Café betraten, hörte man zwei Schüsse. So, den haben sie umgelegt. Der Mann mit der Katze erwachte, die Augen voller Entsetzen. Keine Angst, Opa, das hat nichts zu bedeuten. Sie begannen, Cognacflaschen aus den Kisten zu holen und sie auf die Theke zu stellen.

Es kamen noch mehr Männer, die sich laut unterhielten. Nur einer, er trat als letzter ein und war ganz blaß im Gesicht, drehte sich um und schaute zum Vorplatz. Der, der anscheinend am meisten zu sagen hatte, war groß und hatte einen kleinen Kopf. Er trug einen stattlichen Schnurrbart, und über seine Wange zog sich eine Narbe; seine Nase war gerade, er trug einen breitkrempigen Hut mit einer Feder und eine glänzende Windjacke und über der Schulter ein Gewehr, dessen Mündung noch rauchte. Er ließ sich eine Flasche öffnen und trank sie in einem Zug halb aus. Von jetzt an, und er wischte sich mit dem Handrücken über den Mund, kann ich haben, was ich nie gehabt habe: ein zwei Meter breites Bett, so daß ich längs und quer drin schlafen kann. Wie es mir paßt. Und im Nebenzimmer eingesperrt zwei oder drei Luxushuren, die mir mit erschreckten Gesichtchen die Ehre erweisen, die Brüstchen über dem Hemd. Er wandte sich zu uns: Der Typ, den wir mitsamt seinem Adoptivsohn erledigt haben, war mein Cousin und der Besitzer sämtlicher Weinberge in dieser Gegend. Wir wollten bloß den Alten töten, aber der Junge wollte ihn zum letzten Mal umarmen, da haben wir alle beide in den Himmel geschickt, für immer umarmt.

Er setzte sich an unseren Tisch, und nachdem er eine Zeitlang auf die Katze gestarrt hatte, verpaßte er ihr einen Schlag, daß sie bis an den Eingang flog. Ich erbe alles. Und er schrie: Eine Flasche! Und Gläser! Einer der Männer wies auf den Boden. Es gibt keine Gläser. Er schaute den Alten an, statt durch die Welt zu spazieren mit diesem Vieh, das dir gar nichts mehr nützt, kämst du besser mit uns und würdest unsere Gewehre putzen, und du auch, du Milchbart! mein Gewehrlauf ist immer heiß, und er soll mir nicht kalt werden, bevor wir diesen Krieg gewonnen haben. Da lachte der Mann mit der Katze, als wollte er platzen, und alle hörten auf zu trinken und sahen ihn an, und der Mann mit der Katze sagte zu ihnen, daß keiner von ihnen der Sohn seines Vaters sei. Ein schmächtiger Mann in einem blauen Hemd und mit einem roten Tuch um den Hals näherte sich ihm drohend mit einer Flasche und sagte, er würde sie ihm auf den Schädel knallen, wenn er noch einmal einen solchen Mist erzählte. Ich sag das ja gar nicht, der Junge hier sagt es, daß die Väter die Knochen und das Fleisch des Kindes machen, damit eine Seele, die schon lange lauert, beim ersten Weinen in es hineinschlüpfen kann. Der Mann, der größer war als die andern, gab mir einen kalten Blick: Zeig uns die Seele! Ich stand auf, warf mich gegen den schmächtigen Mann, der mir den Weg versperrte, und rannte los. Zuvor stolperte ich noch über die Katze, die mit einem Fußtritt auf der Theke landete. Der Mann mit der Katze miaute ununterbrochen. Der Nebel war dichter geworden, vielleicht gelang es ihnen deshalb nicht, mich zu töten, obschon sie wie verrückt schossen.

XIX
Der Einsiedler

Ich sah ihn gleich, den Alten, der da pflügte, und er mich auch, denn er hielt sich die Hand über die Augen und fragte laut rufend, ob ich zur Einsiedelei ginge. Ohne meine Antwort abzuwarten, sagte er, die Einsiedelei sei weiter oben, über dem Steineichenwald, hinter einem Dickicht aus Erdbeerbäumen und Baumheide. Er kam über die Erdschollen zu mir heran und schob sich, als er bei mir war, die Mütze in den Nacken. Das ist kein Mensch wie die andern. Wer? fragte ich. Gehst du denn nicht zum Einsiedler? Nein. So geh nur zu ihm. Er ist der größte Mensch auf Erden. Ein Riese. Nicht einmal die engelhaftesten Engel reichen an ihn heran. Als er in diese Gegenden kam, da war sein Blick schon gotterfüllt, da strahlte er schon Gott aus ... Die Einsiedelei war eine Ruine, ihr Dach zur Hälfte eingestürzt, zwei Wände hin. Das Ganze ein Schlangen- und Eidechsenloch. Der frühere Einsiedler war schon Jahre tot, alt wie er war. Und dieser Mann, von dem ich sagen kann: er ist ein Heiliger, er konnte sich kaum aufrecht halten, als er hierher kam, ein Bild des Jammers, Haut und Knochen, aber den Blick zum Himmel gerichtet. Ich half ihm dann gleich: ich brachte ihm, was ich konnte, obwohl ich selbst nie etwas zu viel hatte ... ein Stück Fett, Brotkanten, obschon das Abendessen für die Hühner dann knapp ausfiel. Manchmal ein paar Äpfel, manchmal einen Topf Rosmarinhonig. Eines Tages sagte er und wagte nicht, mich dabei anzuschauen, er bete dafür, daß Gott mich für das Gute, das ich an ihm tue, belohne, und anscheinend gab Gott ihm zu verstehen, daß ich am Tag, wenn ich abkratze, geradewegs zur ewigen Seligkeit gelangen würde. So lebe ich ohne Sorge. Seit damals habe ich den üppigsten Garten der Welt, sozusagen ohne ihn zu bewässern, denn sobald er Durst hat, schickt der Himmel Regen. Ich ernte mehr Trauben denn je. Die Erde ist locker und schwarz. Und während ich arbeite, fliegt mein Geist hinauf zum Himmelsblau und zum Gewölk.

Wenige Tage nach seiner Ankunft begann der fromme Mann Steine heranzuschleppen: er zog eine Wand auf. Einen der Steine, den längsten und schmalsten, der halb eingegraben bei der Reizker-Quelle lag, legte er quer über den Eingang, als Balken. Und er bedeckte alles mit Ziegeln, die er halb kriechend von dem verlassenen Bauernhof holte. Als er die Einsiedelei fertig hatte, baute er aus dem Stamm einer Eiche, die ein Blitz niedergeworfen hatte, den Altar. Langsam zog er den Stamm heran, mit einer Kette, die ich ihm geliehen hatte. Und auf den Altar, an dem er täglich beim Morgengrauen die Messe liest, stellte er das Kreuz, das wie das Kreuz, an dem der Heiland starb, aus vier Holzarten gemacht ist: Palmholz, Zypressenholz, Olivenholz und Zedernholz. Auf der einen Seite des Kreuzes hat er eine Krone aus Brombeerzweigen und auf der andern drei verrostete Nägel mit platten Köpfen, die mit einem Draht zusammengebunden sind. Seine Messe ist ganz besonders: Anscheinend dient ihm ein Engel, immer derselbe, als Ministrant und bläst, um die Einsiedlerkapelle zu vergrößern, und bedeckt sie mit einem Schleier aus Glas, bis er sie in eine Kathedrale verwandelt hat. Am Tag, an dem er stirbt, werden ihn die Vögel in die Höhe tragen, auf, auf, die einen ziehen, die andern stoßen ihn ... sie werden ihn auf eine Wolkenbarkasse setzen, die mit einem Feston aus perlweißem Licht geschmückt ist. Es wird dir guttun, wenn du zu ihm gehst. Man sagt, es sei Krieg, daß Brüder Brüder töten, doch hier segnet der Gott der Pflanze und des Baumes, des Himmels und des Nebels, des Wassers und des Felsens unentwegt die Menschen mit fühlendem Herz. Ja, geh zur Einsiedelei.

Der Weg wand sich zwischen Bäumen mit seltsam zerfurchten Stämmen und zähen, glänzenden Blättern nach oben. Die Baumheide war hoch und fächerförmig. Dazwischen erblickte ich die Einsiedelei, ganz aus Stein und mit moosbewachsenen Ziegeln. Am Eingang saß ein Mann in Sackleinen, um den Hals eine Schnur, an deren Ende ein Kreuz aus dunklem Holz hing. Um die Taille trug er einen Strick: ein Rosenkranz aus lauter Knoten. Er hob den Kopf und wünschte mir einen guten Tag. Ich habe Schritte gehört ... er streckte einen Arm aus. Zu seinen Füßen stand ein Korb voller Bohnen. Ich erzählte ihm meine Geschichte. Als hätte er mich nicht gehört, befahl er: Hilf mir beim Verlesen. Über uns war der Himmel dicht überzogen mit kleinen Wolken. Von dort, wo ich heraufgekommen war, näherte sich ein Mädchen, das einen Korb trug, und als sie bei uns war, stellte sie ihn auf die Erde und nahm ein Brot und einen Topf Marmelade heraus. Sie ging wieder hinab, ohne auch nur ein einziges Wort gesprochen zu haben. Wir kochten die Bohnen auf einer Lichtung, über einem flackernden Feuer und in einem Kessel, der aus Gold zu sein schien. Nach dem Essen goß ich ein paar Eimer Wasser ins Feuer, ich mußte mich neben ihn setzen, und während er mich mit seinen kranken Augen ansah, begann er zu reden.

Mein Vater war ein reicher Mann. Er starb am Ärger, den ich ihm bereitete: ununterbrochen wollte ich Geld von ihm haben; wenn er es mir ausschlug, fälschte ich seine Unterschrift, um welches zu kriegen; ich bediente mich seines Namens. Ich erbte sein Vermögen, das ich schnell verspielt hatte. Ich hatte nichts als Schulden und noch nie gearbeitet – meine Freunde lösten sich rasch in Luft auf. Von jedermann verachtet, auch von jenen, die um mich gewesen waren, als aus meinen Händen noch der Reichtum floß, geriet ich immer tiefer. Ich lebte in einer elenden Pension, bis ich sie nicht mehr bezahlen konnte. Das einzige, was ich hätte machen können, wäre gewesen: Schiffe beladen, Koffer tragen, Straßen fegen, als wandelnde Reklame gehen ... Wände anstreichen? Ich hätte nicht gewußt, wie ich mich anstellen sollte! Tagsüber blieb ich drinnen, damit mich die Leute nicht sahen. Ich spazierte nachts umher, und als ich keinen Cèntim mehr hatte, schlief ich auf Bahnhofsbänken und Straßenbänken, bis die graue Morgendämmerung aufzog. In einer solchen Nacht öffnete sich vor meinen Füßen ein Kanalisationsdeckel, und heraus kam ein menschliches Wrack. Dieser Mann wies mir den Weg, damit ich zur Reinigung der Kanalisation angestellt wurde.

Niemand sah mich, niemand konnte mich auslachen. In mir wuchs der Haß auf jene, die den Herrn spielen, auf alle, die wie einst ich Geld besaßen und nun zu meinen Feinden geworden waren. Ich verachtete die prunkvollen Häuser, die schmuckbehängten Frauen, die Rubine und Brillanten zur Schau trugen. Ich hatte zu ihren Füßen gelegen, und mit einer Bewegung ihres juwelengeschmückten Fingers hatten sie mich mir selbst überlassen, mit einem Blick, der mich aus dem Dasein ausstrich. Wie die Wurzel hier, von der man nicht weiß, wo sie aufhört, schlängelten sich die Kanalisationsröhren unter den Häusern der Mächtigen durch. Meine Gefährten im Elend hatten längst resigniert . . . bald sonderte ich mich von ihnen ab, nicht wegen ihrer Art, sondern weil ich das Bedürfnis hatte, allein zu sein. Wenn ich hörte, daß einer näher kam, lief ich durch die Kanalisation davon. Mit einer Laterne um den Hals und einer Eisenstange in der Hand, klopfte ich gegen die Zementwölbung und wünschte die Stadt in ihren Fundamenten zu zerstören. Die entferntesten Kanäle zogen mich an. Stundenlang hielt ich mich im Dreck auf und atmete den widerlichen Gestank dieses Labyrinths aus Dunkelheit ein, in dem sich der ganze Schmutz der Stadt sammelte. An stürmischen Tagen schwemmte das Wasser tote Ratten bis ins Meer. Manchmal ließ dieser seltsam übertriebene Haß nach, und die Tränen liefen über meine Wangen. Dann sehnte ich mich danach, die frische Luft einzuatmen, die ich selbst mir versagte. Ich suchte einen Ausgang und fand keinen. Ich wußte nicht, unter welchen Straßen, unter welchen Plätzen ich unterwegs war, von stinkendem Wasser durchnäßt und umgeben von Ratten, die mich aus ihren verborgensten Schlupfwinkeln beobachteten. Ich weiß nicht, wie lange ich so lebte . . . bis eines Tages . . . die Eisenstäbe, die als Leiter dienten, sich in meine Fußsohlen bohrten, die Klapptür war schwer. Meine Arme waren spindeldürr, meine Hände waren wie Krallen. Der Hals vermochte meinen Kopf kaum zu tragen. Es war eine Frühlingsnacht. Der Wind spielte in den Blättern. Ich befand mich in der Nähe des Meeres, und der Teergestank . . .

Als ich wieder zu mir kam, lag ich in einer Koje, alle Sinne auf das Plätschern des Wassers gerichtet, und ich mochte mich gar nicht fragen, wie ich dorthin gelangt war. Hin und wieder ließ eine Sirene ihren traurigen Ruf ertönen. In einem erleuchteten Saal erblickte ich eine Gruppe weiß gekleideter Offiziere, die tranken und lachten. Ich kletterte eine Strickleiter hinunter und machte das Boot los.

Mitten auf dem Meer lullte mich der Himmel ein, und der Mond färbte mich weiß. Himmel und Nacht liebkosten mich, ich war allein mit meinem Elend, mit meiner Wut, die allmählich zu einem sinnlosen Wort wurde – da entdeckte ich, wovon ich nicht wußte, daß ich es gesucht hatte: auf dem schwierigen Weg des Daseins zu Gott zu gelangen. Ein Strand nahm mich auf, und ich kniete auf dem Sand und nahm das Leben an. Ich mußte neu geboren werden, mußte die Formen ausstreichen, welche die Menschen mir eingeprägt hatten, die Lenker ebenso wie die Gelenkten ... und plötzlich erschien mir mitten in der Sonne, wie ein unbeflecktes Lamm, der Heiland, der, der alles gibt.

Ich durchquerte viele Dörfer; ich wanderte auf Wegen mit frischem Gras, zwischen Saatfeldern und an den Ufern der Flüsse. Ich kasteite mich: ich aß nicht, wenn ich hungrig war, noch trank ich, wenn ich durstig war. Ich schlug mich mit Brennesselbüscheln blutig ... dem Sterben nah, doch ohne zu sterben, segnete ich den jungen Sproß, die herabgefallene Feder, das Blütenherz, die Nacktschnecke und den Blutegel, die grüne und die erdfarbene Schlange, das Wasser des Wasserfalls, die Eichel, die den Hunger der Wildschweine stillt ... und hier, in dieser Einsamkeit aus Licht, unaufhörlich in die Sonne blickend, die mir die Augen verbrennt, in Gemeinschaft mit dem Kreuz, auf dieser Erde, die sich treten läßt und aus welcher der Schlamm kommt, aus dem ich gemacht bin, von starkem, geheimem Leben umgeben, lebe ich im Zustand der Liebe, damit Gott mich nicht vergißt.

XXX
Noch ein Bauernhof

Ich kletterte auf einen alten Baum, der zum Glück einen knorrigen Stamm hatte, an dem die Füße Halt fanden, denn als ich bei dem Gehöft ankam, sprangen drei Hunde heraus und liefen bellend hinter mir her. Unter mir befand sich ein gedeckter Tisch für ungefähr hundert Personen. Nach einer Weile hatten die Hunde lange genug gebellt und auf den Baum zu klettern versucht und rannten mehreren Mädchen entgegen, die mit Körben beladen näher kamen; sie fingen an, Brotkörbchen, Wasser- und Weingläser und Teller auf dem Tisch zu verteilen. Zwei kleine Mädchen, die hinter einem Brunnen halb verborgen waren, fingen an zu quieksen und näherten sich dem Baum. Die Größere der beiden hielt mit zwei Fingern einen Wurm, der sich unaufhörlich wand und drehte; sie legte ihn auf die Erde, und beide begannen ihn mit kleinen Zweigen zu quälen. Der Wurm, rot und glänzend, wand sich ununterbrochen. Sie ließen ihn erst in Ruhe, als sie ihn ganz zerstückelt hatten. Die Mädchen mit den Körben liefen geschäftig hin und her. Die Kinder verschwanden wieder hinter dem Brunnen und riefen, noch ein Wurm! noch ein Wurm! Totmachen! Totmachen! Über meinem Kopf saß, die Flügel leicht geöffnet und den Kopf vorgestreckt, ein Vogel und beobachtete mich.

Man hörte Musik. Auf Fuhrwerken, Lastwagen und Pferdewagen trafen Burschen und Mädchen ein. Ich kletterte höher hinauf und setzte mich rittlings auf einen Ast, der zwar dick war, aber knackte, als ob er brechen wolle. Die Burschen und Mädchen stiegen von den Last- und Pferdewagen und fingen mitten auf der Tenne zu tanzen und zu springen an. Nach kurzer Zeit trafen Lastwagen mit Milizsoldaten ein. Einer der Lastwagen war voll beladen mit Gewehren und Maschinengewehren. Zuletzt kam ein mit weißen Blumen geschmückter Lastwagen, und das Brautpaar, beide als Milizionäre gekleidet, stieg aus: sie trug eine weiße Blüte im Haar. Das Brautpaar lebe hoch! Hoch! Alle standen um sie herum und ließen das Brautpaar hochleben. Die Braut, die klein und dick war, lachte ununterbrochen, und der Bräutigam, der groß und dünn war, sagte, während er diejenigen, die zu nahe kamen, abhielt: ist ja gut, ist ja gut ... Dann setzten sich alle an den Tisch. Man hörte noch mehr Geschrei: Die Eltern! Die Eltern! Zwei alte Leute stiegen aus einem Wagen, der von einem falben Pferd gezogen wurde. Die Eltern sind schon da! Die Eltern sind schon da! Die Eltern des Bräutigams! Die Mädchen, die den Tisch gedeckt hatten, begannen Schnabelkrüge herbeizutragen. Die Eltern leben hoch! Die Mutter trug eine Mantille, der Vater einen schwarzen Hut. Und bald kamen mit Essen beladene Frauen aus dem Bauernhaus; sie verteilten auf dem Tisch bis zum Rand gefüllte Schüsseln mit allerlei Schinkensorten, aufgeschnittener Wurst, Bergen von geschälten Garnelen, Miesmuscheln in rosa Sauce, Muscheln, die in grüner Sauce schwammen, Langustenschwänzen mit mayonnaisegarnierten Beilagen. Zwei Männer wie zwei Stiere brachten große Schüsseln mit Salat, Kopfsalat und Tomaten mit grünen und schwarzen Oliven gemischt, und Schüsseln randvoll mit Auberginen und roten Paprika, beides auf der Glut geröstet. Alle redeten und lachten, alle waren zufrieden, alle hatten Hunger, alle hoben ihre Krüge und Gläser in die Höhe und ließen ununterbrochen das Brautpaar hochleben, auf daß das Glück des Brautpaars ewig dauere und auch der Name der Familie Perarnau. Einige Burschen erhoben sich von den Stühlen und gingen zur Braut, um sie auf beide Wangen zu küssen. Das eine Kopfende des Tisches war leer, aber niemand achtete darauf, bis die Braut mit dem Finger auf das Kopfende zeigte, und auf der Stelle schauten sich die zwei Männer, die wie zwei Stiere waren, an und erhoben sich, wie von einer Feder hochgeschnellt, und gingen zum Bauernhaus. Die ganze Tischgesellschaft drehte sich um, um zu sehen, was los war. Die zwei Männer wie zwei Stiere kamen bald wieder heraus; sie hielten einen fetten Mann, der so rund wie der Vollmond war, an den Armen und unterstützten ihn halb beim Laufen. Er trug Kordhosen, die so weit waren, daß sie wie ein Rock wirkten. Und Leinenschuhe mit schwarzen Bändern. Mit rotem Gesicht, zusammengezogenen Brauen und erhobenen Armen sagte er: Seit mehr als zwei Stunden habe ich nichts gegessen, und Hunger und Schwäche bringen mich um. Er konnte beim Laufen die Füße nicht sehen und nicht erkennen, wohin er sie setzte, so dick war sein Bauch. Als er zum Brunnen kam, blieb er stehen, um Luft zu holen, und die Mädchen stürmten heran wie zwei Teufel und warfen ihm einen Wurm an den Kopf. Ihr blöden Gänse ihr!, und er brach in Tränen aus, während er sagte, er habe Angst vor dem Laufen, denn seine Brüder seien zwei Dummköpfe, die nicht aufpassen würden, so daß er über einen Stein stolpern würde, und das Stolpern wäre sein Tod. Da ist kein Stein, Junge, da ist kein Stein, sagte der eine Bruder, und der andere verlor die Geduld und rief, so lauf doch, du Trottel, lauf! Ich schwöre, daß da kein Stein ist, wo wir dich durchführen. Kommen Sie, Onkel, kommen Sie, rief die Braut und hielt die Gabel mit einer aufgespießten Garnele in die Luft. Manel soll kommen! Ein Mann, der ebenso stämmig war wie die Begleiter des Mondmannes, trat heran. Paß auf, daß kein Stein im Weg liegt! Jedesmal, wenn sie ihn an die frische Luft bringen, hat er Angst, über einen Stein zu stolpern, sagte das Mädchen, ein Glas mit dunkelrotem Wein vor dem Mund, und auf den Bauch zu fallen, der straff gespannt ist, und zu rollen, immerzu zu rollen, denn die Arme sind kurz, und die Beine sind kurz. Der Mondmann senkte den Kopf. Sie setzten ihn auf den Platz, der ihm gebührte, auf zwei nebeneinandergerückte Stühle, die seitlich und an der Lehne durch Draht miteinander verbunden waren. Sie stellten eine Schüssel mit Vorspeisen vor ihn und eine zweite mit Salat und gerösteten Auberginen und Paprika. Frauen und Mädchen trugen in einem fort leere Schüsseln weg und brachten wieder volle, und es nahte die Stunde der Hähnchen und Braten, der Rebhühner und Wachteln. Der Mondmann, der nur Augen hatte für das, was er aß, aß die Vorspeisen und den Salat, zwei Teller Reis mit Schweinefleisch und Kaninchenkeulen, zwei Seeteufel, zwei Seehechte, zwei mit Birnen und Pflaumen gefüllte Hähnchen, ein halbes Frikandeau, drei Rebhühnchen und zwei Täubchen ... ein Tablett mit Feingebäck, einen Blätterteigkranz, drei Teller gebrannte Creme und unzählige Puddings. Nach dem Kaffee begann der Tanz auf der Tenne. Während alle tanzten, bestieg das Brautpaar den Lastwagen mit den Gewehren und Maschinengewehren und fuhr, Staub aufwirbelnd, davon. Als die Tanzenden es bemerkten, wurden sie ausgebuht: Das gilt nicht! Frechheit! Ein Mädchen mit einem roten Rock und einer roten Blüte im Haar schrie, bis sie heiser war: Das Brautpaar soll hochleben! Hoch!, wobei sie einen Strauß farbiger Bänder gegen das Licht der Sonne flattern ließ, die allmählich verblaßte.

Weil mir das eine Bein weh tat, bewegte ich mich, so daß der Ast knarrte. Der Mondmann hob die Augen und suchte zwischen den Blättern, und als er mich erblickte, schaute er mich gebannt an, bis er schließlich einen Arm hob und mir ein Zeichen gab, damit ich herunterkam. Ich mußte mich neben ihn setzen, und er bat mich, ihm ein Glas Wasser mit Zucker zu geben; er selbst konnte den Krug nicht erreichen, erst recht nicht die Zuckerdose. Das Essen hat mich durstig gemacht. Während er das Glas Wasser in sich hineingoß, schaute er mich immerzu mit rührendem Schafsblick an. Er sagte, ich solle essen, ich sähe hungrig aus. Ich stopfte mich voll mit Feingebäck, Blätterteigkranz, etwas Creme, die jemand nicht aufgegessen hatte.

So werde ich denn also verzehrt vom unaufhörlichen Wunsch zu essen. Die Männer, die mich an den Armen halten, sind meine Brüder: der mittlere und der jüngste. Sie warten mit gezückten Krallen, daß ich sterbe. Ich aß wie ein Vögelchen, hatte nie Appetit, blieb zurück im Wachstum. Meine Mutter kochte lauter Leckerbissen für mich ... haben Sie Hühnerleber; haben Sie Lämmerhirn; haben Sie Hühnerkämme; haben Sie Kaninchenbäckchen. Lauter leichte Sachen, die ich kaum anrührte. Ich war mager. Haut und Knochen; Arme wie Streichhölzer, Beine wie Streichhölzer. Bis dann irgendwer zu meiner Mutter sagte, sie solle mir Honig zu essen geben. Ich hatte noch nie Honig bekommen, und er schmeckte mir so gut, daß ich den ganzen Tag schrie, ich wolle noch mehr Honig haben. Honigtöpfe standen neben meinem Bett, und ganze Nächte lang tauchte ich die Finger in den Honigtopf und leckte und schleckte. Und ich, mit meinem schwachen Knochenbau, setzte überall Speck an. Diese Veränderung ging einher mit der Freude meiner Brüder, die sahen, wie ich mich allmählich in eine Fettkugel verwandelte und schon bei den ersten raschen Schritten keuchen mußte. Sie betrachteten mich schließlich als unnütze Person, obwohl ich geheiratet und einen Sohn bekommen hatte, worüber sich alle sehr wunderten, weil sie nicht begriffen, wie ich ihn hatte machen können. Frau und Sohn starben bald, die Brüder ließen mich links liegen und verwalteten den Besitz, ohne mir auch nur im geringsten Rechenschaft darüber zu geben, obgleich ich doch der Erbe war. Ich habe noch sieben Monate zu leben; mein Herz ist verfettet und erstickt im Fett. Plötzlich befahl er mir, wieder auf den Baum zu klettern, weil seine Brüder ihn abholen kamen, und wenn sie sähen, daß er mit einem Unbekannten sprach, würden sie ihn ausschimpfen.

Wie sie ihn hergebracht hatten, brachten sie ihn auch wieder weg: an den Armen gepackt und ab und zu von hinten gestoßen. Die Tänzer waren gegangen, und über alles fielen bereits die Abendschatten. Als ich vom Baum herabstieg, scheuchte ich eine Schar Spatzen auf, die in der Umgebung des Tisches Brotkrumen aufpickten. Die Hunde fraßen neben dem Toreingang, und vielleicht verfolgten sie mich diesmal nicht, weil sie mich nach meiner langen Unterhaltung mit dem Mondmann nicht mehr für einen Fremden hielten. Ich hob den Kopf, mäh ... mäh ... mäh ... dieses Geblöke führte mich ins Verderben. Ich mußte einfach nachsehen, was da los war ... Hinter dem Bauernhaus, an den Garten angrenzend, schoren drei Riesenkerle Schafe. Die Schafe hatten breite Stirnen, ein spitzes Kinn, Schlappohren und so viel Wolle an den Beinen, daß man sie kaum darunter erkennen konnte. Die Männer hatten grobe Gesichtszüge. Der eine, mit weißen Haaren und tiefen Runzeln auf der Stirn, bemerkte mich sofort, und als ich merkte, daß er mich sah, machte ich eine Fluchtbewegung, welche alles verdarb, denn der Jüngste, der eine Weste aus Schaffell trug, packte mich am Arm und warf mich zu Boden. Ich trat wild um mich, doch er war stärker. Er schleifte mich zu dem Schaf, das sie gerade schoren, packte mich unter Schreien und Keuchen an Armen und Beinen, und dann fuhren sie mir mit dem Schermesser über den Kopf.

Ich erwachte, als es hell wurde. Ich lag neben einem Strohhaufen. Ein Huhn pickte bei meinen Füßen. Ein Hahn krähte. Ich fuhr mir mit der Hand über den Kopf, der zum Teil kahl, zum Teil noch behaart war. Ich hätte im Heu verkrochen liegenbleiben und ewig schlafen mögen. Doch ich mußte fort. Ich war wie gerädert, alles tat mir weh, aber ich stand auf und machte mich auf den Weg, nicht ohne mich umzudrehen und mich vom Bauernhof mit der Hochzeit zu verabschieden. Aus einem Fenster im Erdgeschoß guckte, rot im Gesicht wie ein Rebhuhnmännchen, der Mondmann, und während er mich ansah, beugte er den Kopf vor und schneuzte sich mit zwei Fingern die Nase.

XXXI
Der weiße Bauch von Matilde

Ich versuchte wie der Einsiedler in die Sonne zu schauen, um zu sehen, ob ich mir die Pupillen verbrannte. Mein Treiben wurde vom Geknatter eines Motorrads unterbrochen, das scharf bremste und fast genau vor mir stehenblieb. Der Mann mit dem Motorrad sagte, wenn ich dich irgendwo hinbringen soll, dann sag es nur, ich habe nämlich kein bestimmtes Ziel. Sein Mund verzog sich in einer widerwilligen Grimasse. Er hatte lange Zähne und Eckzähne wie ein Hund. Seine Augen wanderten unruhig umher, ohne irgendwo haltzumachen. Na, kannst du dich nicht entscheiden? Er zog eine Packung Zigaretten aus der rechten Tasche seiner Windjacke, reichte sie mir hin und sagte, dich haben sie ja ganz schön zugerichtet, mein Junge. Er hielt mir die Pakkung so dicht vor die Nase und war so überzeugt, ich nähme eine Zigarette, daß ich ihm versichern mußte, ich hätte nie geraucht, bloß Kräuter, als ich klein war und mich als Erwachsener aufspielen wollte, ohne daß meine Mutter es wußte. Rauch jetzt! Beim ersten Zug mußte ich husten. Meine Augen tränten. Und der Mann mit dem Motorrad sagte, er rauche schnell, damit die Zigarette bald zu Ende sei und er gleich eine neue anzünden könne. Anzünden macht am meisten Spaß. Darum rauchen Leute, die blind geworden sind, nicht mehr . . . wenn ich genug geraucht habe, bringe ich dir deine verschandelten Haare in Ordnung. Wer zum Teufel hat dich bloß so zugerichtet? Ich mochte ihn, weil er diese Augen hatte, die hin und her gingen zwischen den Zweigen und mir, der Straße und dem Gras, seinem Zigarettenstummel und meinem, der zu Asche verbrannte.

Er begann seine Geschichte damit, daß er ein Segelschiff in einer Flasche gehabt und daß er den Beruf eines Friseurs wegen seines Vaters gewählt habe: als er klein war, mußte er ihm die Haare im Nacken schneiden, weil er selbst nicht hinkam. Ein Friseur zwei Häuser weiter nahm mich als Lehrling, ein trübseliger Mann ohne Haare, der leberkrank war und bloß gekochten

Reis aß. Er starb, als ich meinen Militärdienst gemacht hatte, und ich konnte den Friseurladen behalten. Alle Kunden kannten mich und kamen weiter zu mir. Ich hatte zwei Schaufenster, das eine auf die Hauptstraße, das andere auf ein Gäßchen, in denen lauter leere Flaschen mit Etiketten von Chinarinde und Petroleum standen und eine riesige Flasche, die voller Eau de Cologne gewesen war und die ich mit Wasser füllte. An der Straßenecke gegenüber war eine Bäckerei. Als mein Meister starb, machte es ihm der Bäcker nach. Zwei Monate später zog ein Blumengeschäft in die Bäckerei ein. Es dauerte ziemlich lange, bis ich auf die Inhaberin aufmerksam wurde. Dann, am Tag der heiligen Magdalena, betrat ich den Laden und kaufte eine Rose, weil ich Magdalena nicht mehr hören mochte, wenn sie seufzte, daß ich ihr nie etwas schenkte. Sie war Maniküre und kam sonntags zu mir nach Hause, wir schliefen ein Weilchen zusammen und machten uns dann gleich ans Putzen. Magdalena war ruhig und besonnen; sie kam aus einer bescheidenen, aber anständigen Familie.

Die Inhaberin des Blumengeschäfts wickelte die Rose in ein Silberpapier und besprühte sie. Ihre Augen wechselten die Farbe, und die Haut ihres Gesichtes war seidiger als die Blätter der Rose, die sie mir verkauft hatte. Von jenem Tag an fing ich an, sie hinter der Riesenflasche hervor zu beobachten. Sie sah wie ein Mädchen aus, mit kerzengeraden Beinen. Immer trug sie einen schwarzen Rock und eine weiße Bluse. Eines Tages hielt ich es nicht mehr aus und kaufte eine Begonie, um sie, wie ich ihr erklärte, ins Hauptschaufenster zu stellen. Sie müssen sie häufig gießen. Die Begonie diente mir als Vorwand, sie hin und wieder aufzusuchen. Mir scheint, die Blätter werden dünner. Mir scheint, ich gieße sie zu wenig. Sie hieß Matilde. Schließlich verliebte ich mich in sie. Ich brach mit Magdalena.

Ich wollte nicht, daß Matilde arbeitete. Ich wollte sie ganz für mich. Verkauf den Blumenladen. Doch sie wie immer drüben, mit den Blumenkartons und dem Zerstäuber zum Besprühen. Von der Hochzeitsnacht erzähle ich dir nichts, nur so viel, daß sie sich mit dem schwarzen Rock und der weißen Bluse zu mir ins Bett legte. Ich zog den Reißverschluß auf. Darunter hatte sie nichts an. Es verschlug mir den Atem: noch nie hatte ich einen derart weißen Bauch gesehen. Und Nacht für Nacht bewunderte ich ihn. Ich bekam nicht genug davon, ihn anzuschauen. Ich gab meine Freunde auf, ging nicht mehr Billard spielen. Die Nächte, die Sonntagnachmittage, auch die Feiertage reichten mir nicht, um in einem fort zu bewundern und zu bewundern. Ich verlor Kundschaft. Ich bat sie unablässig darum, den Laden aufzugeben. Es war ein heimlicher Krieg. Verkauf den Laden. Verkauf den Laden. Sie reagierte nicht. Endlich, besiegt und enttäuscht, lernte ich zu schweigen. Eines Abends, als ich vielleicht schon drei Monate nicht mehr mit ihr gesprochen hatte, trug sie mir das Abendessen auf und blieb danach mit gesenktem Blick auf der andern Seite des Tisches stehen, zog plötzlich ihren Rock hoch und stand mit nacktem Bauch da. Ich aß unbeteiligt weiter, als ob sie in der Küche wäre und etwas zubereitete. Von jenem Abend an machte sie zur Essenszeit immer das gleiche: Rock hoch und den Bauch gezeigt. Ich begann auswärts zu Abend zu essen. Auswärts zu Mittag zu essen. Ich ging in die Bar, spielte Billard, kehrte im Morgengrauen nach Hause zurück. Sie gab nicht auf. Sie zeigte mir den Bauch, wenn ich ins Bett ging, wenn ich vom Waschen herauskam, sobald ich die Augen aufmachte. Ich hatte sie satt. Dann kam zum Glück der Krieg! Ich nichts wie hin. Und jetzt bin ich Verbindungsmann – oder ich war's. Ich habe das Heer verlassen, und vielleicht gehe ich nach Frankreich und mache einen Friseurladen auf. Willst du mitkommen? Ich sagte, daß ich gern allein unterwegs sei, um mir die Dinge in aller Ruhe anschauen zu können. Er schnalzte mit der Zunge, ging zum Motorrad und holte aus der Tasche, die hinten dranhing, einen Haarschneideapparat und einen Rasierapparat. Dann schor er mir den Kopf kugelblank und rasierte mich ganz glatt. In einer großen Staubwolke fuhr er davon. Als sich die Staubwolke aufgelöst hatte, näherte sich mir ein höchst sonderbarer Mann.

XXXII
Der Mann, der beim Gehen der Sonne und dem Mond den Rücken zukehrte

Er war mittleren Alters. Sein Bart reichte bis auf die Brust und war schwarz. Seine Haare reichten bis auf den Rücken und waren grau. Er trug eine Jacke mit mottenzerfressenem Revers, seine Brust war entblößt. In jedem Hosenbein war ein riesiger Triangel, der eine auf Kniehöhe, der andere in der Mitte des Oberschenkels. Die Sandalen waren neu. An einer Schnur um seinen Hals hing ein verrosteter Schlüssel. Seine Augen glänzten wie von Silber, seine Lippen konnte man im Haargewirr kaum erkennen. Auf der Schulter trug er eine Amsel. Er blieb eine ganze Weile vor mir stehen und fragte mich schließlich, wie das nächstgelegene Dorf heiße. Ich dachte, er wolle bloß Spaß machen, in Wirklichkeit aber wollte er bloß reden. Wollte wie alle bloß zwei Ohren finden, die zuhörten. Die Amsel stieß einen Ruf aus. Stör uns nicht. Die Sonne, sagte er, geht bereits unter, dann gibt's keine Schatten mehr. Sobald der Mond aufgeht, mache ich mich wieder auf den Weg. Meine Großmutter starb in hohem Alter, doch als sie tot und eingekleidet war, war sie so frisch wie die Blumen, als wäre sie an einem Festtag nach dem Besuch der Messe eingeschlafen. Sie hat mir beigebracht, meinen Schatten zu lieben. Sie sagte immer: Dein Schatten und du, ihr seid in den Sattel des Lebens gesetzt worden, damit ihr galoppiert. Ich habe niemanden auf der Welt, will auch niemanden haben. Ich möchte nur mit ihm zusammensein. Ich war klein. Hast du nicht gemerkt, daß du einen Schatten hast? Ich hielt mich still, und der Schatten bewegte sich nicht. Ich warf diesen dunklen Fleck auf dem Boden. Ich werfe den Schatten. Ich bin es. Nein. Er bist du. Ohne ihn, und er drückte mir einen Finger auf die Stirn, gäbe es dich nicht. Wenn du ihn verlierst, wirst du sterben. Wenn ich allein war, stellte ich mich vor die Lampe und streckte langsam einen Arm aus; der Schatten ebenfalls. Ich streckte den anderen Arm aus, der Schatten ebenfalls. Ich war klein. Ich neigte den Kopf, er auch. Alles was ich tat, tat er auch.

Der Schatten ergreift das Gras, die Wurzeln, die Geister des Bluts. Ich will sie sehen. Das geht nicht. Sie ernähren sich auch von verstorbenen Ameisen, von Ochsengerippen, die sie mit Wut anstecken. Schau ihn an im Mondlicht, wenn die Frösche schweigen und die Wasserschlangen durch den Schlamm kriechen ... er wird dir die Lilie vergolden und die Rose färben. Wenn du groß bist, wirst du, von deinem Schatten gut begleitet, das Weinen der kleinen Kinder hören, die geboren werden sollen, den Atem der Welt und das Geschrei der Sterne. Meine Großmutter hatte junge Hände, und noch am Vorabend ihres Todes funkelten ihre Augen ganz verschmitzt. Sie starb und konnte nicht zur rechten Zeit beerdigt werden: der Mann, der die Särge zimmerte, war krank, und niemand, weder in unserem Dorf noch in einem der Nachbardörfer, konnte mit einem Hobel oder einem Fuchsschwanz umgehen, weil niemand wußte, wie man mit Holz umgeht, um einen Sarg daraus zu machen. Eines Nachmittags, als die Hitze am quälendsten war, betrachtete ich sie eine Zeitlang, wie sie tot dalag, zog dann die Jalousie hoch, und ein Sonnenstrahl fiel auf sie; ich stellte mich ans Fenster und gab ihr meinen Schatten zur Gesellschaft, bis die Sonne unterging.

Ich studierte, ich lebte, ich dachte nie mehr daran, daß ich eine Großmutter gehabt hatte; ich wurde ein Advokat für die Armen, für jene, die man einsperrte, weil sie ein Stück Brot gestohlen hatten, für jene, die aus Gottes Hand gefallen waren ... Immerzu reden, immerzu trösten, immerzu den Geruch von angsterfülltem Atem in der Nase, immerzu die Ohren erfüllt von allem Unglück dieser Welt. Die Amsel rief drei Mal, und er versetzte ihr einen Schlag auf den Flügel. Sei still! Eines Nachts, auf dem Heimweg (ich wohnte in einer Parterrewohnung mit drei Zimmern, das Ganze war eine ziemlich schmutzige Angelegenheit, Staub, Spinnweben, Abfall, der nie rechtzeitig weggeworfen wurde, Teller, die sich auf dem Herd und am Boden auftürmten, glänzende Käfer, schmutzige Wäsche überall auf den Stühlen), traf es sich, daß ich ganz allein durch meine Straße ging. Die Türen waren geschlossen, die Fenster ebenso. Ich ließ eine Straßenlampe hinter mir ... mein Schatten war nirgends. Schlagartig blieb ich stehen und streckte, halb mechanisch, einen Arm aus – der Arm warf keinen Schatten. Voller Angst erreichte ich meine Tür, als gerade der Mond aufging, ich drehte ihm den Rücken zu, und das armselige Licht dieses Wintermonds legte mir husch, husch meinen Schatten zu Füßen. Während ich den Schlüssel hier, den ich am Hals trage, ins Schloß steckte, ruhte der Schatten im Türrahmen, und ich berührte ihn mehrmals. Ich wollte, daß er merkte, daß ich ihn gern hatte. Ich gab alles auf: die unglücklichen Häftlinge, die Tränen der Witwen, die Verzweiflung der Waisen, die Reue der Mörder ... und seit jenem Tag lebe ich nur noch für meinen Schatten, denn ich will ihn nie wieder verlieren, will ihn ganz für mich. Darum braucht es dich nicht zu überraschen, daß ich dich jetzt, wo der Mond aufgeht, verlasse und in Begleitung meines Schattens fortgehe. Mit dem Rücken zum Mond, damit ich ihn nachts sehen kann; mit dem Rücken zur Sonne, damit ich ihn tags sehen kann. Leb wohl.

XXXIII
Der Maurer

Vor einem ausgebombten Haus mit lauter schwarzgebrannten Mauerstücken befand sich ein Mann, der lief von einer Seite auf die andere und schlug sich mit den Fäusten an den Kopf und fluchte. Er mochte mich mehr erahnt als gesehen haben, denn unvermittelt schwieg er. Oben auf dem Kopf war er kahl, hatte aber viele Haare an der Seite und buschige Brauen, die in der Mitte der Stirn zusammenwuchsen. Er setzte sich auf einen Hackklotz, legte die Hände auf die Schenkel, hob den Kopf und sagte: Heute morgen haben sie meine Frau begraben. Zum Glück ist mein Sohn seit einer Woche auf Besuch bei seinen Großeltern und weiß nichts von der Bombardierung oder dem Tod seiner Mutter. Und vielleicht ist er deshalb mit dem Leben davongekommen. Als die Bombe fiel, war ich in den Reben. Aber warum nur? Warum mußten sie hier eine Bombe abwerfen, eine einzige, das ist doch bloß ein elendes Dorf, keine jungen Leute, nichts. Seine Stimme erstickte: Nichts ... Bloß um die Leute unglücklich zu machen. Daß eine Frau wie sie unter den Trümmern ihres Hauses sterben muß, allein im Haus, sie hat doch niemandem was getan ... Noch am Tag, an dem ich sterbe, werde ich an sie denken, wenn ich bei Verstand bin, an meine Eulàlia. Und siehst du: obwohl mir das Herz weh tut, kann ich sie mir nicht tot vorstellen, es geht nicht; ich stelle sie mir vor, wie sie hin und her geht, immer aufmerksam, immer mit Putzen und Nähen und Flicken beschäftigt und damit, sich abzurakkern, damit das Haus blitzsauber ist und blank wie eine Goldwaage ... ich möchte am liebsten gleich sterben, aber mein Sohn ist noch ein Kind, und er ist gut wie seine Mutter. Seit meiner Heirat habe ich nur Freude erlebt. Nie den kleinsten Ärger. Und das heißt schon etwas. Schau dir meine Hände an: nicht wahr, man sieht, daß es die Hände eines Maurers sind? Die Haut ist ganz schwielig von der Arbeit mit den Backsteinen und ausgedörrt vom Zement. Das Haus hier haben wir mit unserem

Schweiß erbaut. Wie die Besessenen sparten wir, um uns mal einen Sack Zement, mal ein paar Säcke Sand oder einen Posten Backsteine kaufen zu können. Alles war uns ein Vergnügen! Dann kam der Gipser, der arme Estanislau, und wollte weder für das Material noch die Arbeit bezahlt werden. Dann kam der Elektriker, Jeremies, und wollte keinen Lohn haben. Dann kam Manel, der Schreiner, und schenkte mir die Rahmen. Dann kam Belloc, der Maler, und schenkte mir den Lack. Und dann strichen wir alle miteinander, der Elektriker, der Schreiner, der Gipser, der Maler und ich, das Haus, und es bekam blaue Läden. Eulàlia kochte für alle Mittagessen. Herrlich war das. Du kannst dir nämlich nicht vorstellen, was es heißt, ein Haus vom Fundament bis zum Dach zu bauen. Zu sehen, wie es wächst. Einen Backstein nehmen, ihn auf drei Seiten mit Mörtel bestreichen, und zack! ist er eingepaßt. Und die Balken legen und überdecken und die Zwischenwände einziehen, als wär's eine Stickerei ... Und die Dachziegel legen: die einen mit der Wölbung nach oben, die andern mit der Wölbung nach unten, so daß der Regen munter abfließen kann. Er sah mich eine Weile an und wandte plötzlich den Blick ab. Hinter mir stand ein schmaler Junge, der vom langen Aufenthalt als Soldat im Freien braungebrannt war; daß er im Krieg gewesen war, sah man nämlich: sein Arm war verbunden, ebenso seine Stirn. Ich traure um sein Haus, sagte er, und um seine Frau. Wir waren immer wie Brüder, auch wenn ich viel jünger bin. Ich bin Elektriker und heiße Jeremies; ich hatte eben mein Handwerk erlernt, da gab man mir ein Gewehr, und dann hieß es draußen leben, verfolgt von den Mauren, die abgrundtückisch sind, und eines Tages drückte ich auf den Abzug, obwohl ich nicht schießen kann, sie hatten mich nämlich eingekreist, und eine Kugel flog heraus, und der Maure machte einen Satz, bevor er ausgestreckt hinfiel, und ich rannte entsetzt los, weil ich ihn getötet hatte, und dann mußte ich wegen zwei Kugeln, die mich verfolgten, einen Satz machen, die eine traf mich am Arm, die andere an der Stirn, und ab ins Spital, das dreimal bombardiert wurde, obwohl auf dem Dach oben ein Leintuch mit dem roten Kreuz darauf war ... So wie der hier, sagte er, das Mauern vermißt, so vermisse ich das Einziehen der Drähte in die Leitungskanäle, wie sie schön durchgleiten, damit die Glühbirnen leuchten können. Danach kam ein Mann zu uns, der jünger als der Maurer und älter als der Elektriker war, und begann leise zu reden, so als würde er beichten. Ich zog freiwillig in den Krieg und habe alles verloren: die Werkstatt und die Werkzeuge. Werkzeuge, die ich nach und nach während meiner Lehrzeit gekauft oder von meinem Vater geschenkt bekommen hatte, angefangen beim Stemmeisen. Klar, daß ich alles hatte: Hammer, Säge, Fuchsschwanz. Der Hobel machte ganz feine Späne, sie sahen aus wie die Ringellocken der Pappriesinnen beim Umzug. Immer schön hobeln, die Tür, die nicht paßt, der zu hohe Fensterladen ... alles soll auf und zu gehen, nichts mißlingen ... Als ich ihnen erzählte, daß ich ein Nelkenfeld hatte, sagten sie, das sei zwar sehr gut, aber ein Gemüsegarten wäre besser, besonders in Kriegszeiten, wo man nie wisse, ob man für den nächsten Tag noch zu essen habe. Dieser Krieg ist das größte Unglück, kannst du mir sagen, warum wir ihn führen? Der Maurer sagte, um gegen den Feind zu kämpfen, doch der Schreiner sagte, daß wir selbst für den Feind auch der Feind sind. Der Elektriker sagte: Selbst wenn wir gewinnen, ist es, als hätten wir verloren, ein Krieg ist dazu da, daß ihn jeder verliert. Der Ofensetzer trat zu uns und sagte, wir könnten ruhig weinen, da gebe es nichts mehr zu bestellen; wir seien Kanonenfutter, nichts weiter als Kanonenfutter. Der Maurer hob den Kopf. Drei Männer kamen näher mit Schubkarren voller Hacken und Schaufeln und Maurerhämmer. Es waren der Maler, der Gipser und der Sohn des Schreiners. Sie kamen, um ihm beim Wiederaufbau des Hauses zu helfen. Sie stiegen gleich in die Ruinen; ich auch. Schließlich wurde es dunkel, und der Maurer sagte: Gehen wir essen? Wir gingen miteinander zur Kirche; der Maurer zündete eine Laterne an und stellte sie auf den Altar. Kein Heiliger war zu sehen. Die Bänke waren in einer Ecke aufeinandergestapelt, der Gipser nahm eine und zerschlug sie zusammen mit dem Schreiner, um auf dem Boden Feuer zu machen. Wenn das alles zu Ende ist, mache ich neue und schönere Bänke als die alten. Aufs Feuer stellten sie einen Topf, der bis zum Rand gefüllt war mit gekochten Bohnen und Speckstücken dazu.

Der Tischler fragte den Maurer, ob er wisse, wer ich sei. Ich weiß es nicht, er kam vorbei, und wir fingen an zu reden. Bald blieben der Maurer und ich allein. So, jetzt aber schlafen. Wir legten uns auf den Boden. Ich hatte kaum ein paar Stunden geschlafen, als mich eine Stimme weckte. Geh nach Hause.

Bei Tagesanbruch kamen alle, um zu arbeiten. Drei Tage blieb ich bei ihnen und half Bauschutt aufzuräumen und Zement von den Backsteinen zu kratzen, aber am vierten Tag verließ ich sie, nicht weil ich von ihnen wegwollte, sondern weil ich von dieser Stimme wegwollte, die mich weckte, sobald ich eingeschlafen war, geh nach Hause, geh nach Hause . . .

XXXIV
Ein Opfer

Neben der Quelle saß ein Mädchen und weinte. Als sie meine Schritte hörte, hob sie ihre tränennassen Augen und deckte sogleich ihr Gesicht mit den Händen zu, als wolle sie sich ganz vor mir verbergen. Das Wasser floß munter hervor und verschwand im Farnkraut. Ich wußte nicht, was ich tun sollte: vorbeigehen oder das Mädchen trösten. Ihre Ärmel waren aufgekrempelt, und sie hatte auf beiden Armen, oberhalb des Ellenbogens, einen blauen Fleck. Ich setzte mich neben sie. Sie wich zurück, schaute mich an, und wie ein Glassplitter, der plötzlich in der Sonne aufleuchtet, zuckte ein Blitz durch ihre Augen, ich wußte nicht, war es Angst oder Wut. Sie stand auf, setzte sich wieder, stand wieder auf, trank Wasser an der Quelle, wobei sie sich die Haare mit einer Hand zurückhielt, setzte sich wieder, stand wieder auf, und als ich schon glaubte, sie würde gehen, kniete sie vor mich hin und brach in Tränen aus und weinte so hilflos, daß man ein sehr hartes Herz hätte haben müssen, um sie allein zu lassen. Unter Schluchzen sagte sie mir ihren Namen. Lena. Vornübergebeugt, die Arme auf meinen Schenkeln, den Kopf gesenkt, sagte sie leise, all ihr Unglück komme davon, daß sie verheiratet sei. Schau her! Sie richtete sich auf und zeigte mir ihre blauen Flekken. Schau her! Siehst du? Mein Mann. Ich wollte nicht heiraten; ich wollte nur mit jemandem gehen. Er war es, der heiraten wollte. Ich war erst fünfzehn; ich wollte nicht heiraten. Doch er brachte mich dazu. Dann kam das, wovor ich Angst hatte: Ein Ehemann ist kein Verlobter. Er war nicht mehr derselbe, er war ein anderer. Bald ist das Abendessen nicht fertig, bald ist es zu heiß, bald zu kalt, nein, ich mag's nicht aufgewärmt ... wie soll es denn nicht aufgewärmt sein, hob sie verzweifelt den Kopf, wenn ich abends nie weiß, wann er heimkommt? Manchmal ist ihm der Fisch zu stark gebraten, manchmal noch zu roh. Das Gemüse immer verkocht, das Fleisch nicht zart genug, du läßt dich beschwindeln; sie haben dir fleckige Pfirsiche gegeben, du läßt dich reinlegen, das ist doch kein Olivenöl, du läßt dich begaunern. Die Bettlaken sind nicht schön gespannt, ich kann nicht schlafen mit den Falten, es ist kein sauberes Hemd da ... Wieso wäschst du denn nicht? Dieses Hemd hast du schlecht gebügelt. Woran denkst du, wenn du das Bügeleisen in der Hand hältst? Und er trinkt. Er hat sich in ein Faß voller Saft von gekelterten Trauben verwandelt. Und er schlägt mich zusammen. Ja, manchmal habe ich die Wäsche nicht waschen können, weil mir nicht gut war, manchmal mußte ich das Bett in aller Eile machen, weil ich mit der Arbeit in Verzug bin. Warum? Geh ins Dorf weiter oben, geh ins Dorf weiter unten, um Kartoffeln zu bekommen oder Bohnen oder ein bißchen Reis. Geh ins Dorf weiter oben, geh ins Dorf weiter unten, um ein paar Stück Seife zu bekommen ... denn der Krieg ... Schelte ist mein täglich Brot, ich werde krank deshalb und will am liebsten sterben, und ich kann mich nur trösten, indem ich meinen Kummer der Quelle erzähle ... und sie weinte und weinte, den Kopf auf meinen Knien.

Zwischen den Bäumen erblickte ich eine Gestalt, die näher kam. Es war Lenas Mann, und ich wußte schon, daß er Magí hieß, und er sah schrecklich müde aus und sah wie ein guter Junge aus, so entwaffnend. Er nahm mich beim Arm und ging mit mir unter einen Weidenbaum. Sie hat sich über mich beklagt, nicht wahr? Sie kann nichts anderes. Dabei steht hier der anständigste Mensch der Welt vor dir, und ich bin Wassertrinker, was immer sie dir auch erzählt hat. Sie lügt. Bei ihr folgt eine Lüge auf die andere. Ich habe sie geheiratet, weil sie mit fünfzehn Jahren niemanden mehr hatte auf der Welt und ich sie beschützen wollte. Was wäre aus ihr geworden, wenn ich sie nicht zu mir genommen hätte? Und natürlich war ich verliebt bis ins Mark. Und ich wurde enttäuscht. Sie war weder zärtlich noch lieb, als ob sie als Kind ein falsches Gesicht getragen hätte und das falsche Gesicht mit der Heirat abgefallen wäre. Sie ist streitsüchtig und beleidigt den andern. Ich hätte lauter Affären, und wenn ich spät nach Hause komme, ist es wegen der Affären. Ich bin Mechaniker und konnte nicht in den Krieg, weil mir eine Lunge fehlt. Sie ist faul, aber immer bereit, mit gezückten Krallen auf mich loszugehen, schlimmer als eine Katze. Eines Tages, es ist schon länger her, verpaßte ich ihr in meiner Verzweiflung eine Ohrfeige; davon bekam sie eine rote Backe. Hat sie dir ihre blauen Flecken am Arm gezeigt? Ja, die habe ich ihr gemacht; um sie abzuwehren, weil sie auf mich losging, um mir die Augen auszukratzen. Sie stellt das Essen nicht auf den Tisch, sie wirft es mir hin. Das Gemüse springt von der Platte, die Suppe aus der Schüssel. Aber vor den Leuten ist sie das arme Lämmlein ... Und weil sie aussieht wie ein Engel, der gerade vom Himmel kommt, tut sie allen leid. Sie hat den Leuten eingeredet, sie sei zur Heirat mit einem Banditen gezwungen worden. Ganze Nächte laufe ich in den Straßen umher, weil ich mich fürchte, das Haus zu betreten. Ich weiß nie, was mich erwartet, was sie sich diesmal wieder ausgedacht hat. Ich irre bis wer weiß wann durch die Straßen; bei den Schobern draußen und die Gärten entlang ... die Hunde verfolgen mich, die Vögel fliegen davon, wenn sie mich hören. Und immer könnte ich mir fast die Haare ausreißen, weil ich so dumm war, die ach so arme Lena zu heiraten. Schau sie an, schau sie gut an ... Wir gingen zu ihr. Lena weinte ganz vornübergebeugt, ihre Tränen vermengten sich mit dem hellen Wasser, das davonfloß, um in der Erde zu versickern, und sie sah uns ein wenig von der Seite an, eine Spur Bosheit im Mundwinkel, wie eine Drohung, ihrem Mann das Leben zur Hölle zu machen. Ich ließ sie allein. Nach einer Weile drehte ich mich um und sah, wie sie Arm in Arm langsam im Abendlicht dahingingen.

In dieser Nacht und noch viele Nächte danach träumte ich von Eva. Sie stand vor den Binsen und rief nach mir.

DRITTER TEIL

XXXV
Die rote Erde

Der Weg war schmal und kurz; er begann in der Biegung einer Landstraße. Wasserrinnen durchfurchten ihn, bloßliegende Steine bedeckten ihn. Auf der linken Seite befand sich der Garten einer alten Villa, die hinter Zedern und Zypressen kaum zu sehen war. Der Zaun bestand aus spitzen Holzlatten, die durch verrosteten Draht miteinander verbunden waren; man konnte ihn kaum erkennen durch das Geißblattdickicht und die dahinterstehende Reihe von Fliederbüschen mit ihren vielen abgeblühten Dolden. Rechts ging es an einem Brunnen ohne Wasser vorbei, dann war dort der Hof eines sehr großen Bauernhauses, an dessen Rändern lauter verdurstete und halb verblühte rote und rosa Geranien standen. Unter einer Weinlaube, bei einem Hühnerstall ohne Hühner, lag eine tote Katze. Die Sonne schien voll auf die Fassade, welche eine Sonnenuhr aus gelben und blauen Kacheln mit aufgemalten Zweigen und Blättern zierte. Es war genau Mittag. Der Weg mündete auf einen Platz, an dem lediglich drei Häuser standen, die aneinandergebaut waren; die Dachziegel waren schwärzlich, und die Tore standen weit offen, als ob die Leute auf den Feldern wären. Vor den Häusern befand sich an einer Böschung aus roter Erde, auch sie war von Rinnen durchzogen, eine Pferdetränke ohne Wasser, die ich als Sitz benutzte; gleich daneben lag schräg umgekippt ein hoch mit Stroh beladenes Fuhrwerk, darunter Blut. Vor einem der Häuser legte ich die Hände an den Mund und rief, doch niemand gab Antwort. Ich rief auch vor einem der anderen Häuser; das Echo warf meine Stimme zurück. Und ich rief zum dritten Mal; weil auch hier niemand antwortete, schlich ich fast auf Zehenspitzen hinein. Auf einem runden Tisch standen eine Kanne mit noch lauwarmem Kaffee und ein Korb mit mehreren Scheiben dunklem Brot. Wie im Haus mit dem Spiegel in der Diele streute ich Salz aufs Brot, bevor ich es mit Öl beträufelte. Nicht das leiseste Geräusch war zu hören; nur mein

Kauen und ein bißchen Wind, der ausreichte, um ein paar Fasern und Stäubchen hereinzuwehen.

In einem Schlafzimmer im ersten Stock lag – im ersten Moment konnte ich ihn nicht sehen, weil ein Bett ihn mir verdeckte – ein toter Mann, der mit offenen Augen zur Decke schaute; auf seiner einen Hand, die Finger waren kurz, die Nägel schmutzig, putzte sich eine Fliege die Beine. Der Mann hatte mitten auf der Brust eine Wunde, und die ganze Hemdbrust war rot. Im anderen Haus waren alle Möbel umgeworfen, und die Wäsche aus den Schränken lag am Boden verstreut und war zertrampelt, als hätte man darauf getanzt. Auch das dritte Haus betrat ich: im Kamin des Schlafzimmers waren halbverbrannte Papiere und am Balkon ein Gewehr mit metallverziertem Kolben. Eine Glastür mit zerbrochenen Scheiben führte auf einen kleinen Hof, an dessen Rändern leere Blumentöpfe standen, und auf einem dieser Töpfe lag eine Puppe ohne Haare und ohne Augen, unmittelbar daneben ein Ball, der keine Luft mehr hatte.

In der Ferne waren lauter Berge zu sehen; eine ganze Skala von Grau- und Blautönen. Die Welt um mich her verströmte Frieden. Vor lauter Schauen sah ich nichts mehr. Vor lauter Lauschen hörte ich nichts mehr. Alles, Berge, Häuser, Weg, Tränke, verschmolz mit mir. Ich wollte nicht an das Blut denken: ich verschmolz mit allem.

Hinten am Platz führte der Weg weiter. Eine halbe Schlange versperrte mir den Weg: das Stück mit dem Schwanz. Ein Rad mochte sie halbiert haben, und das Stück mit dem Kopf hatte sich wohl in den Wald verkrochen. Der Weg war nicht ganz gerade, und etwa in der Hälfte, vor einigen Pinien, die voller Raupengespinste hingen, hörte ich Wasser fließen. Schließlich wurde der Weg breiter und mündete auf einen kleinen Platz, den ein eisernes Geländer umgab. Das Tal, das man von dort aus sehen konnte, war ein bunter Flickenteppich aus Erde, dessen Farben sich am Fuß des baumbestandenen Berges verloren. Ich beugte mich über das Geländer des Ausgucks und wich entsetzt zurück. Genau unter mir war ein breiter, erst kürzlich ausgehobener

Graben, an dessen Rändern sich Erde häufte, in der Hacken und Schaufeln lagen, und in dem Graben lauter tote Menschen: Beine, Arme, Köpfe, Rumpfe, Rücken ... ein wildes Durcheinander, befleckt von Blutbächen und Blutlachen, die im durchsichtigen Licht dieses Tages leuchteten. Mir wurde schwindelig, und ich rannte davon. Wieder am Anfang des Weges, erbrach ich mich beim Geißblattgebüsch bis auf die Galle.

Erneut versperrte mir die halbierte Schlange den Weg. Zwei Tage und zwei Nächte lang, in denen ich weder aß noch trank, schaufelte ich Erde auf die Toten. Schließlich hatte ich sie zugedeckt. Und bevor ich sie verließ, empfahl ich sie, dem schwindenden Mond zugewandt, der Obhut Gottes.

XXXVI
Ein bißchen Angst

Jemand folgte mir schon seit einiger Zeit, ohne daß ich mich erinnern konnte, wo oder wann dieser Jemand mir zu folgen begonnen hatte. Ich hörte nichts, kein Geräusch von Schritten, kein Zittern von Laub. Ich wagte nicht, mich umzudrehen. Ich wagte nicht zu atmen. Ich setzte meine Füße dorthin, wo möglichst wenig trockenes Laub lag: daß es nur nicht raschelte. Das Blut pochte in meinen Schläfen. Wer konnte mir folgen? Wenn mein Verfolger echt gewesen wäre, hätte ich ihn hinter mir hören müssen und mich bloß umzudrehen brauchen, um ihn zu sehen. Und ich hörte nichts. Wolken zogen vorüber. Ich blieb stehen, um besser lauschen zu können. Dreh dich nicht um. Bald war der Wald von Licht, bald von Schatten erfüllt. War jemand stehengeblieben, als ich stehenblieb? Es ist quälend, wenn man sich mitten im Wald, wo hinter jedem Baumstamm jemand lauern kann, verfolgt fühlt. Dreh dich nicht um, befahl ich mir. Wenn du dich umdrehst, siehst du das, was du besser nicht siehst. Wenn du dich umdrehst, sieht dieser Jemand, der dir folgt, daß du ihn bemerkt hast. Du mußt so tun, als hättest du ihn nicht bemerkt. Dreh dich nicht um! War dieses Geräusch in den Zweigen eine Stimme? Ich wollte rennen und konnte nicht. Die Beine versagten mir, darum konnte ich nicht. Ein eiskalter Schweißtropfen lief über meine Wangen. Ich hatte furchterregende Geschichten erzählen hören, solche, bei denen einem die Haare zu Berge stehen; ich hatte die Nacht in der Burg erlebt und die Nächte im Haus mit dem Spiegel in der Diele. Ich ließ mich nicht mehr erschrecken. Ich lasse mich nicht mehr erschrecken, sagte ich mir. Doch die Angst, die ich in diesem Wald verspürte, war anders. Als ob der tote Mann vom Bahngleis, der meinen Vater umgebracht hatte, hinter irgendeinem Baum hervortreten müßte, ganz erfüllt von der Absicht, mir Leid zuzufügen. Über die Ähnlichkeiten zwischen Vätern und Söhnen hatte ich schon einmal nachgedacht; wenn ein Vater starb, weil sein Herz krank war, starb auch der Sohn an krankem Herzen. Wenn ein Vater starb, weil sein Gehirn krank war, starb auch der Sohn, weil sein Gehirn krank war. Ich kniff mich in den Oberarm, um sicher zu sein, daß ich nicht phantasierte. Daß ich ganz wach durch einen dichten Wald ging und daß es nicht das erste Mal war, daß ich durch einen Wald ging. Die Einsamkeit der Wälder war mir immer tröstlich gewesen. Ich schlug mir mit den flachen Händen auf die Ohren. Ich versuchte, die Spucke hinunterzuschlucken, aber ich hatte keine. Ich fuhr mir mit der Zunge über die völlig ausgedörrten Lippen. Nach einer Weile wagte ich es, langsam den Kopf zu drehen und mit einem Auge zu schauen. Hinter mir baute der Abend unter einer Sonne, so rund wie eine Goldmedaille, seine roten und grauen Wolkentürme auf. Zwischen dieser Sonne und mir: ein einziges Grausen. Wie gern wäre ich unter lauter Menschen in einer lichterfüllten Straße mit Schaufenstern auf beiden Seiten gewesen; einer fröhlichen Straße mit Frauen, die Kindern die Hand geben, und nur noch das bißchen Angst, eines schönen Tages, der noch weit weg war, sterben zu müssen. Warum sollte ich Angst haben? Ich brauchte Gesellschaft und nahm mich zusammen, um den Gedanken auszuschalten, damit nicht das Böse, das hinter mir war, kam, um mir Gesellschaft zu leisten. Ich hatte mich in zwei Personen verwandelt: die eine, die vor Angst schwitzte, und die andere, die fand, ich müsse keine haben. Warum? Ich mußte schreien, um die Angst zu verjagen, doch kein Laut drang aus meinem Mund. Der Himmel mit den ersten Sternen war mein Feind. Er würde sich auf mich stürzen, um mich zu bestrafen, daß ich bei einem Nachtbeginn wie diesem Angst hatte. Stärker als je zuvor spürte ich diesen unsichtbaren Jemand, der Macht genug besaß, um meine Gedanken zu lesen. Und plötzlich ließ ich mich hinfallen, ganz zusammengeknäuelt, und meine aufgerissenen Augen schmerzten mich. Ich mußte mich bewegen, laufen. Fliehen vor dem, was schwer wie eine Grabplatte war und mich allmählich unter so großen Steinen begraben würde, daß ich keine Kraft hätte, um sie wegzurücken. Ich klammerte mich an einen Baumstamm und stand auf ... ach wer

Baum sein Wolke Wind sein könnte. Mir schien, daß in der Ferne, halb verborgen, ein Tier auf seinen Hinterbeinen stand und bereit war, sich auf mich zu stürzen. Ein Tier machte mir keine Angst. Ich hatte entsetzlichen Durst. Ich schleppte mich dahin, bis ich stolperte und flach der Länge nach hinfiel. Nichts war wirklich. Ich war nie von zu Hause fortgelaufen, alles hatte ich geträumt, und ich lag noch immer in meinem Bett und träumte, während durch das offene Fenster der berauschende Duft der Nelken hereinkam. Ich hatte den Eindruck, daß mich das Tier noch immer ansah, und war drauf und dran, es zu rufen, es solle kommen, kommen solle es. Die Schatten wurden länger und löschten das Muster der Zweige aus. Ich wußte weder wie noch wann dieser Tag begonnen hatte, als hätte er mit der Angst in diesem Wald begonnen. Wer hatte mir den Beginn dieses Tages aus den Gedanken gesaugt? Weit weg in der Höhe zog schreiend ein Schwarm Vögel vorüber. Ein Mondstrahl zitterte zu meinen Füßen. Mir war, als sei nicht ich es, der da ging, sondern die Bäume, der ganze Wald. War ich in den Wald gegangen oder der Wald in mich? Und ich befand mich auf einer Lichtung, die ich schreiend überquerte, die Arme ausgestreckt wie die Flügel der Vögel, die vorübergezogen waren. Die Angst war nun schon anderer Art: ich hatte Angst vor mir. Angst, daß ich nie wieder ich sein könnte wegen dieser Riesenangst, die mich würgte und würgte. Das Mondlicht führte mich vor den Eingang einer Höhle. Ich ging mit ausgestreckten Armen hinein, bis ich den Felsen hinten berührte; ich preßte mich mit dem Rücken dagegen und ließ mich zu Boden gleiten. Ich sah ein Stückchen Himmel, das dann von einer Wolke verdeckt wurde. Mein Blut rann durch die Adern, mein Herz beruhigte sich. Ein kleines Tier, das ebenso gut ein Kaninchen wie ein Hase sein konnte, kam hereingerast, als ob sie hinter ihm her wären, und roch mich wohl, denn ebenso wild, wie es hereingerannt war, rannte es wieder hinaus. Es dauerte nicht lange, bis ein Gewitter losbrach; es blitzte und donnerte ununterbrochen, und der Himmel hatte alle Schleusen geöffnet. Ich weiß nicht, ob es kurz regnete oder ob der Regen stundenlang anhielt. In diesem Unwetter fühlte ich mich geborgen, und ich sank in einen schweren Schlaf. Und in meinen Schlaf schlich sich ein Traum ein: eine Riesenhand, die durch große Sturzbäche näher kam, bedeckte den Höhleneingang, damit ich nie wieder herauskonnte.

XXXVII
Der See

Der Regen hatte aufgehört, aber noch tropfte es von den Bäumen, und alles war von Nebel erfüllt. Von Zeit zu Zeit tauchte wie eine Überraschung aus dem milchigen Weiß ein Baumstamm oder ein Busch auf. Ein Geruch von Erde drang auf mich ein, Erde, modrig vom Regen, der Jahr für Jahr auf die Herbstblätter fiel. Das Gelände veränderte sich; statt Stechginster wuchs nun Farnkraut, und es war abschüssig. Ich hörte den Flügelschlag eines Vogels. Ich setzte mich auf einen moosbedeckten Stein neben plätscherndes Wasser. Vielleicht würde eines Tages ein Jäger oder ein Vagabund wie ich, wenn ich hier in der Nähe, wo ich mich hingesetzt hatte, starb, anstatt des Gerippes eines wilden Tieres mein Gerippe finden. Mit der Fußspitze würde er einen Knochen wegschieben, und darunter wären Ameisenlöcher oder das Versteck eines Tausendfüßlers oder irgendein Wurm, der sich verzweifelt wand, weil er sich entdeckt und seine ganze Welt zerstört sah. Eine ängstliche Sonne begann das Nebeltuch zu durchlöchern. Ich hätte so sein sollen wie dieser Fleck Sonne, der nicht daran dachte, ob ein Junge ihn ansah oder nicht, und sich nicht sorgte, ob der Nebel ihn von der Welt trennte. Ich strich mit der Hand über meine Wange: der Bartflaum darauf war dicht. Ich würde ein Mann sein mit stacheligen Haaren im Gesicht, bei dem sich die zuvor unsichtbaren Adern auf dem Körper abzeichneten. Der Fleck Sonne bekam langsam Farbe, und der Nebel, der in Fransen hing wie der Rauch eines verborgenen Feuers, begann sich rasch zu verziehen.

Eine Schar schwarzer Enten mit einem dunkelblauen Fleck auf der Stirn ging ins Wasser und kam gleich wieder heraus. Die zwei, die am nächsten waren, flogen zuerst davon. Bald folgte ihnen die ganze Schar. Der See trat aus dem Nebel hervor. Auf dem Stein kniend, schöpfte ich einige Handvoll Wasser, machte mein Gesicht naß und trank. Als die Ringe, die ich gemacht hatte, sich ausgebreitet hatten und verschwunden waren, konnte ich mich im Wasser spiegeln. Ich sah meinen Kopf mit dem geschorenen Haar darin. Ohne Haare über der Stirn sah mein Gesicht nicht wie mein Gesicht aus. Lange schaute ich wie gebannt in meine Augen, nicht weil es Augen, meine eigenen Augen waren, sondern wegen allem, was in ihnen war, allem, was ich gesehen hatte. Mein Herz zuckte. Die Angst, die ich tags zuvor beim Durchqueren des dichten Waldes verspürt hatte, kehrte zurück. Da schloß ich die Augen, um mich vor mir selbst zu verbergen. Wenn ich mich nicht sah, bedeutete das, daß ich nicht da war und auch die Angst nirgends da war ... kehr nach Hause zurück ... ich öffnete die Augen. Unter meinem Gesicht im Wasser befand sich ein anderes Gesicht, genau wie mein eigenes mit dem Zeichen auf der Stirn. Die Lippen bewegten sich, als ob sie Wörter sagten, die ich nicht hören konnte ... Die Augen wurden hart. Ich beugte mich, damit ich diese Wörter verstehen konnte ... und die Wörter, die ich nicht verlieren wollte, wurden verständlich ... kehr zurück. Alles wird zugrunde gehen, wenn du nicht zurückkehrst ... noch ist alles gleich. Kehr zurück ... Noch gibt es das Eckchen mit dem Schilfdach, das die Kamelien vor Winterfrost schützt; noch gibt es den großen Behälter für die Bewässerung, in dem sich Wasserpflanzen wiegen; noch gibt es das Eckchen am Ende des Feldes mit dem Geräteschuppen, die Stöße zurechtgeschnittener Schilfrohre, die man in die Erde steckt, um die Nelken zu stützen, die den ganzen Sommer ununterbrochen geblüht haben: Blüten und Knospen, Knospen und Blüten; noch gibt es den Rosenstock mit den gelben Rosen, der hochklettert und bald über das Geländer der Dachterrasse hinauswachsen wird, und die gute Erde, die dir gehört ... Kehr zurück! Kehr zurück! Deine Mutter rief nach dir und ist darüber gestorben ... Adrià ... Adrià ... kehr zurück ... kehr zurück ... Rings um das Gesicht unter meinem Gesicht waren runde und ovale Kieselsteine zu sehen; weiße, rosa, dunkle Kieselsteine, zwischen Sand, der sich bewegte und seine Lage änderte.

Das Wasser des Sees wurde allmählich blau. Das Gesicht unter meinem Gesicht ging langsam unter und verschwand ... nur noch die Augen waren da ... Ein besonders heller Sonnenstrahl nahm sie mit sich fort zu unbekanntem Sand, zu unbekannten Wurzeln ... kehr zurück, zurück, zurück, sagte das Wasser ... kehr zurück ... zurück.

XXXVIII
Der Fischer

He, Junge, komm mal rüber und hilf mir! Rund hundert Meter entfernt war ein Mann und angelte. Er saß auf einem Klappstuhl; neben sich hatte er eine Tasche und einen durchsichtigen Topf voller Würmer. Ich setzte mich neben ihn, gerade als er sich zurücklehnte und an einer Spule drehte, die sich unten an seiner Angelrute befand, so lange, bis ein kleiner Fisch aus dem Wasser kam, der mit den Kiemen am Hakenende hing und dabei wild zappelte und mit dem Schwanz gegen sein Maul schlug. Er zog ihm vorsichtig den Haken heraus und warf ihn wieder ins Wasser; so machte sie es, hatte mir Eva erzählt, wenn sie einen zu kleinen Fisch fing. Der Fisch huschte als flinker Schatten wieder ins Wasser. Gib mir einen Wurm. Drück ihn nicht zu fest. Er befestigte ihn am Haken und warf mit einem Armschwung die Leine aus, so weit er konnte. Wie heißt du? Adrià. Adrià wie? Adrià Guinart. Er lachte. Wie der Räuber? Ich lachte auch, ohne recht zu begreifen, und als ich ihm erzählen wollte, daß ich mich verirrt hatte, sagte er leise, sei still!, die Fische beißen sonst nicht an. Von irgend etwas abgelenkt, bemerkte ich nicht, daß er einen Fisch gefangen hatte, bis er ihn mir hinwarf. Tu ihn in die Tasche. Er glitt mir aus den Fingern. Er hatte eine pelzige, runde kleine Zunge, die kurz und mit Speichel bedeckt war. Als er noch ein halbes Dutzend Fische mehr gefangen hatte, packte er zusammen. Er sagte, ich solle die Tasche nehmen, legte die Angel auseinander und ging hinter eine Baumgruppe, wo er einen weiß angestrichenen Wagen stehen hatte, der aussah wie aus Eisen. Steig ein.

Das Haus war ein Holzhaus, umgeben von hohen, alten Bäumen. Im Innern befand sich ein großer Raum mit einem Bett in einer Ecke und rechts einem Kamin, der in eine Wand aus Stein eingelassen war. Auf dem Kaminsims standen drei, vier Tontöpfe voller Pfeifen. Zwei Türen hinten führten in die Küche und zur Dusche. Mach Feuer im Kamin. Hier, da sind Zeitungen. Ich nahm eine Zeitung aus dem Bündel, und als ich sie zerreißen wollte, um Papierknäuel daraus zu machen, die ich unter das Holz legen wollte ... da war eine ganze Seite mit Fotografien, und auf dem Foto in der Mitte, vor einer mit halb zerrissenen Plakaten bedeckten Wand, war Eva. Sie lächelte ein bißchen, doch ihre Augen waren traurig. Der Fischer kam aus der Küche, und ich mußte die Seite mit dem Bild verstecken, gib mir ein Blatt Zeitung. Ich hatte nun alles vorbereitet, und als ich das Streichholz hinhalten wollte, rief der Fischer nach mir, damit ich ihm half: die Fische glitschten ihm aus den Fingern, er konnte sie nicht aufschneiden. Nimm ihn am Schwanz! Nimm ihn mit einem Tuch! Er legte sie auf einen Bratrost und garte sie auf der Glut. Eine Katze, die erst jetzt auftauchte, begann mir um die Beine zu streichen. Sie war dunkelgrau und hatte blaue Augen wie der Fischer. Ich brachte nicht einen elenden Bissen hinunter. Die Seite mit dem Bild trug ich schön zusammengefaltet in der Tasche. Der Fischer rauchte gemächlich vor sich hin, und die Katze fraß, was von den Fischen übriggeblieben war. So, jetzt wird ein Weilchen ausgeruht. Ich schlafe immer nach dem Mittagessen. Du auch. Er brachte mich in die Küche, und durch eine Tür neben der, die nach draußen führte, gelangten wir in einen Schuppen, der vollgekramt war mit Werkzeugen, allerlei Konservendosen, Kartoffelsäcken, Äpfeln, die am Boden herumlagen. Du wirst hier drauf schlafen, und er zeigte auf eine Werkbank; räum sie ab. Warte, ich gebe dir ein paar Kissen als Matratze. Als alles eingerichtet war, legte ich mich auf die Werkbank. Eva lächelte ein bißchen, doch ihre Augen waren traurig. Ich hörte den Fischer durch den Wohnraum laufen und versteckte das Bild. Es war noch keine Stunde vergangen, da rief er mich. Wir machen eine kleine Ausfahrt und sammeln das Holz ein, das ich vor Tagen geschlagen habe. Der Nachmittag war hell und völlig wolkenlos; der Himmel war mattblau, zu meiner Rechten erhob sich ein Berg. Siehst du diesen Berg? Dahinter geht die Sonne auf. Und an seinem Fuß gibt es ein Geheimnis. Gehen wir.

Wir stiegen in den Wagen und fuhren Richtung Berg; er war hoch, stellenweise mit dunkelgrünen Bäumen bewachsen, stellenweise mit Steinbrocken übersät. Siehst du den Teich dort unten? Der Wagen beschrieb eine Kurve, und er hielt an. Steig aus. Siehst du das Loch dort auf der anderen Seite des Teiches? Vor vielen Jahren wollten sie einen Zug durch diese abgelegene Gegend fahren lassen und den Berg durchbohren, also einen Tunnel bauen. Sie machten sich mit großer Begeisterung an die Arbeit, kamen aber überhaupt nicht voran. Einer nach dem andern starb: zuerst der Ingenieur, danach der Vorarbeiter, dann ein weiterer Vorarbeiter. Danach die Arbeiter ... sie alle starben, aber nicht durch einen Unfall, sondern an einer Krankheit. Neue Leute wurden hergebracht. Bis drei oder vier Arbeiter, es waren die, die das Pulver in die Sprenglöcher füllten, einsanken. Einer, der sich retten konnte, erzählte, wobei er sich ununterbrochen bekreuzigte, daß die Erde eingestürzt sei, tief, ganz tief, der halbe Berg, sagte er, sei eingestürzt und habe Menschen und Kipploren verschluckt. Die Arbeit mußte eingestellt werden, und der Berg blieb in diesem Zustand: mit einem Loch im Sokkel, hoch, breit und schwarz wie eine häßliche Wunde. Das Seltsamste aber ist, daß die Erde vor dem Loch weiter einsank, und die große, hufeisenförmige Vertiefung, die den Höhleneingang gleichsam umarmt, sich allmählich mit Wasser füllte, von dem bis heute niemand weiß, wo es herkommt. Es ist sonderbares Wasser, grün und zähflüssig: krank. Es hat sich noch niemand hinein- und bis zum Loch zu schwimmen getraut. Wenn man ein Stück Holz oder irgendeinen Zweig hineinwirft, so schwimmen sie nicht obenauf, sondern gehen in einem Strudel unter. Schau ... wir näherten uns dem Wasser bis auf ein paar Meter, er nahm ein Stück Holz, schleuderte es fort, und das Holzstück fiel mitten ins Wasser, welches es sofort in einem großen grünen Wirbel einsaugte. Die Leute in den Dörfern der Umgegend haben daraus eine Legende gesponnen: bevor die Höhle eingestürzt sei, habe sich ein verfolgtes Mädchen darin verkrochen. In vielen Nächten, hieß es, höre man sie singen. Ich bin schon in vielen Nächten hierher gekommen, zu allen Zeiten und in allen möglichen Nächten: Nächten mit Mond, Nebel, Wind, Hitze und Kälte, und ich habe nie ein Mädchen singen hören. Aber Legenden sind hübsch und helfen die Zeit zu verkürzen. Gehen wir. Wir gingen in einen Wald, wo Stamm und Äste eines Baumes in Stücke zerschnitten lagen. Wir wollen dieses Holz in aller Ruhe aufladen, und morgen werden wir es im Schuppen aufstapeln. Das reicht dann für ein paar Monate.

Wir arbeiteten bis zum Einbruch der Nacht, zuerst mit Auf- und dann mit Abladen beschäftigt. Beim Abendessen bekam ich wieder keinen Bissen hinunter. Einen Apfel, mehr nicht. Die Katze ließ mich nicht in Ruhe. Sie sprang mir auf die Knie, kletterte auf meine Schulter, knabberte an meinem Ohr ... Was hast du, bist du in Ordnung? Der Fischer zog an seiner Pfeife und sah mir direkt in die Augen. Er hatte braungebrannte Haut, drei Falten, die quer über seine Stirn liefen, und gütige Augen. Er trug hellbraune, hohe Stiefel, und was man von seinem Hemd unter dem Pullover sehen konnte, sah wie Seide aus. Während die Katze auf meinem Schoß einschlief, begann er mir sein Leben zu erzählen, das mir ganz gleichgültig war: daß er zwei Töchter habe, daß er sie seit Jahren nicht gesehen habe. Aus der Distanz gefielen sie ihm besser, weil er sie dann so sah, wie er sie gern gehabt hätte. Er hatte mit jungen Jahren ein wunderbares Mädchen geheiratet. Die Verliebtheit hörte nie auf. Wir bekamen die Mädchen, die das reine Ebenbild ihrer Mutter waren. Ein Jahr nach der Geburt der zweiten starb die Mutter. All meine Liebe – es war soviel, ich wußte nicht, wohin damit – konzentrierte sich auf meine Töchter. Ich machte keinen Schritt, von dem sie nicht wußten. Als reicher Mann konnte ich ihnen alles geben, was sie wollten, und noch mehr. Ich kam ihren Wünschen zuvor. Sie wuchsen heran, und ich verliebte mich. Das Mädchen war prachtvoll, ein Freudenfrühling, viel jünger als ich. Aber als ich sie meinen Töchtern vorstellte, begann das Drama. Sie wollten sie nicht. Mein Zuhause wurde zur Hölle. Und ihretwegen verzichtete ich schließlich auf das, was meine Verbindung zum Leben gewesen wäre. Dann kamen sie selbst ins heiratsfähige Alter ... Hörst du mir zu? Sie heirateten beide zur gleichen Zeit zwei Durchschnittstypen, die sie mir raubten. Rauben heißt, daß sie sie gegen mich einnahmen. Sie entfernten sie von ihrem Vater. Eines Tages, wir saßen alle beisammen, und ich weiß nicht mehr, was ich erzählte, da verlor ich den Faden, weil ich bemerkte, daß sie mir nicht zuhörten; ich brach mittendrin ab. Dieser Vorgang wiederholte sich mehrere Male, bis mir ganz deutlich klar wurde, daß die Tatsache, daß ich den Faden meiner Rede verlor, sie mit Genugtuung erfüllte: seine Geisteskräfte lassen nach. Mir schien, als ob ich sie hörte. Es war, als ob ich sie sähe. Und wenn seine Kräfte nachgelassen haben, wird er sterben, und wir werden für den Rest unseres Lebens reich sein. Ich bin immer ein Mensch gewesen, der nicht erst gibt, wenn man danach fragt, und ich wollte dieser Situation, die mich belastete und etwas Schäbiges hatte, ein Ende machen. Hörst du mir zu? Ich faßte den Entschluß, alles zu verkaufen, was ich besaß. Alle meine Grundstücke, die Villen, die Bauernhöfe, die Landgüter, die Wohnhäuser in der Stadt ... alles machte ich zu Geld und teilte es in vier Teile: einen für meine älteste Tochter, einen für die zweite, einen dritten Teil für eine wohltätige Einrichtung, und den vierten Teil bestimmte ich für mich. Und so habe ich mich hierher zurückgezogen, in meine Wälder, zum wechselnden Mond, zu meinen Flüssen und meinen Seen ... und mit dieser Katze, die sich in dich verliebt hat. Jetzt wird geschlafen! Falls die Lampe im Schuppen nicht angeht (manchmal brennen die Glühfäden durch), findest du eine Kerze und Streichhölzer. Gute Nacht. Die Kerze und die Streichhölzer liegen auf dem ersten Bord im Arzneischränkchen, das über der Werkbank hängt.

XXXIX
Der Sturz

Obwohl die Glühbirne ordentlich brannte, nahm ich Kerze und Streichholzschachtel und legte beides auf einen Kasten neben der Werkbank. Die Katze war mir gefolgt und hatte sich neben einen Haufen Sägemehl gesetzt. In meinem Kopf schwirrte es, lauter Zeug schwirrte darin. Mein Verstand war wie verdreht. Ich betrachtete Evas Bild, und nachdem ich es wieder und wieder betrachtet hatte, legte ich es schön zusammengefaltet unter das Kissen. Ich mochte Apfelgeruch sehr, aber an diesem Tag wurde mir schlecht davon, und ich stand auf, um die Tür einen Spalt zu öffnen, damit der Apfelgeruch hinauskonnte. Ich hatte das Licht ausgemacht und mich auf die Werkbank gelegt. Die Kissen waren weich; das Schlimme war nur, so war es mir schon bei der Siesta ergangen, daß sie auseinanderrutschten, wenn ich mich nur ein bißchen bewegte. Ich mußte still liegen wie ein Toter. Ich nickte ein und wachte wieder auf. Ich konnte nicht einschlafen. Ich sah den Kamin vor mir, wie die roten Flammenflügel darin aufstiegen und an den schwarzen Ziegelsteinen leckten, wie das Holz seine Form änderte, sah über dem Holz den Bratrost und auf dem Bratrost in schöner Reihe die Fische, die rauchten und tropfend das Wasser des Sees ausschwitzten. Ich streckte den Arm aus und setzte mich auf, die Streichholzschachtel in der Hand, und ließ die Beine über den Rand hängen. Die Flamme des ersten Streichholzes, erst hoch über dem Hölzchen, brannte zitternd und züngelnd herab, wurde immer kürzer ... während das Hölzchen schwarz wurde und sich langsam zusammenkringelte. Ich zündete zehn Streichhölzer an, und während sich die Flamme, unten weiß, oben orange, bewegte, dachte ich, daß ein einziges solches Flämmchen einen ganzen Wald in Brand stecken könnte. Der Wind würde ihm helfen, sich fortzubewegen, seine Flügel weiter auszubreiten und neue zu entfachen, bis der Wald ein einziges Gezisch aus Harz wäre, um zuletzt, nach soviel brennendem Leben, als stiller Gluthaufen zu enden. Ich dachte weder ans Streichholz noch an die Flamme; ich dachte an Eva. Die Katze war nicht mehr neben dem Sägemehl. Ein Schnabel klopfte auf Holz. Er klopfte und klopfte. Durch die Tür entwich der Apfelgeruch, und Sternenschimmer und Nachtgeruch kamen herein. Ein Schnabel klopfte auf Holz. Er klopfte und klopfte. Ein Schnabel klopfte auf Holz . . . Als ich von der Werkbank stieg, stieß ich gegen den Kasten. Die Nacht war ganz aus Glas und voller toter Sterne und mitten darin ein Mond, der blauer war als der eisige Schnee am Himmelsfriedhof. Das Gras war weich. Der Berg, der sich schwarz gegen das leuchtende Schwarz der Nacht abzeichnete, zog mich an. Ich ging zum Berg auf einem Weg, der so eben und glatt war, daß ich meine Schritte nicht hörte. Am Teich blieb ich stehen, um zu lauschen: eine Stimme, die von weit her kam, als steige sie aus der Tiefe des Wassers, klang so süß – man hätte in die Knie sinken mögen. Wer war ich? Ich hatte keine Knochen, keine Nerven, ich hatte keinen Willen. Das Lied schläferte mich ein, erstickte meine Gedanken. Ein Schnabel klopfte auf Holz. Er klopfte und klopfte. Ich stand am Wasser und sah den Himmel darin mit den Sternen, die vor ihrem Tod fliehen und sich weit hinausstürzen wollten, voller Lust, quer über den Himmel ein Gewirr feiner Mondstrahlen zu ziehen, unter lautem Geschrei verrückt spielend. Ich bückte mich und suchte nach einem dünnen Zweig, um ihn ins Wasser zu werfen, da wurde ich gestoßen und fiel in den Teich, der mich verschluckte wie eine Olive. Es zog mich durch den Strudel, als ob ich in einem Spülbecken wäre, das beim Ablaufen mit lautem Getöse alles verschluckt, was es erwischen kann. Ich wurde nicht ohnmächtig, obwohl es immerzu im Kreis hinunterging und mir schwindliger war, als wenn ich betrunken gewesen wäre; doch dann schien die Abwärtsbewegung aufzuhören und das Wasser mich vorwärts zu stoßen statt hinunterzuziehen. Ich fühlte mich sterben. Ich machte die Hände auf und zu, um mich irgendwo festzuhalten, fand aber nur schmieriges Wasser, das nach Blut roch. Ein Schnabel klopfte auf Holz. In dem Moment, als ich dachte, daß alles zu Ende sei, blieben meine Füße irgendwo stecken, und ich fand mich ausgestreckt auf einer Art Strand, über den geräuschlos die Wellen rollten. Ich fühlte nichts, doch ich wußte, daß ich aufstehen mußte, daß ich nicht für immer da liegenbleiben konnte, daß ich weitermachen mußte, wenn ich mich retten wollte. Ich wurde im Nacken gepackt, als wäre ich eine Katze, und bis zur Hüfte ins Wasser gestellt. Ich schaukelte ein wenig hin und her, damit ich nicht umfiel. Ich konnte kaum laufen, so als wäre ich eben zur Welt gekommen. Ein Schritt nach dem andern ... ein Schritt nach dem andern. Eine hauchdünne Stimme umgab mich. Bald ließ sie mich sinken, bald hob sie mich empor. Das Wasser reichte mir bis zur Brust. Ich konnte die Wand aus lauter zerhauenen Steinen berühren, ich kam dem Lied näher; das Gewölbe sang es, das Wasser sang es, es kam von unten, von oben, es kam von überall her, ein Stimmenspinnennetz umgab mich wie ein Faden der Muttergottes, der mir den Weg wies, auf dem ich zu gehen hatte. Ich streckte den Arm aus und stieß auf eine Steinkante. Im selben Augenblick war ein großes Getöse zu hören, als ob neben mir ein Berg aus Glas zusammenstürzte. In der Ferne konnte man etwas Licht sehen, und dieses Licht zog mich vorwärts. Immer schien es, als wäre ich nah daran, und nie erreichte ich es. Ich wollte schreien und konnte nicht, ich wollte rennen und konnte nicht. Und intensiver als je zuvor stieg mir jener alte Geruch von gelben Rosen in die Nase, Rosen von jener Sorte, die nicht so duften wie rote Rosen, nur gerade wie eine frische Rose, die sich am Morgen unter großer Anstrengung geöffnet hat und zuletzt mit Geduld siegt und sich zeigen kann, Rosenduft von jenem Rosenstock zu Hause, der bis zur Dachterrasse hochkletterte. Das Lied, die Rose ... nichts war wirklich! Weder dieses Rauschen von Wasser, das wie ein Pferdeschweif über eine Kaskade fällt, noch die Kanten in der einstürzenden Felswand. Das Licht jedoch kam näher. Es war ganz nah ... und ich im Innern der Erde versunken und verloren, um nie mehr herauszukommen. Die Wände funkelten, sie funkelten felsauf- und felsabwärts. Ein Mondstrahl, der durch eine Spalte fast oben an der Decke hereinschien, fiel voll auf eine Steinplatte, auf der ein Mädchen lag. Der traumhafteste Traum aller Träume! Ich näherte mich der Steinplatte; das Mädchen, ich sah sie ganz deutlich, nackt wie eine Lilie, mit veilchenblauen Augen und kleinen Goldsprenkeln darin, war Eva. Sie schaute nicht und atmete nicht, ganz aus Eis auf dem Stein, der ihr Bett war. Eine Hand, weiß, so weiß, hing über die Steinplatte hinaus; ich wollte sie anfassen, und als ich näher heran wollte, weil ich sie nicht erreichen konnte, spürte ich Fesseln an meinen Füßen, und je mehr ich zog, desto mehr schnürte das, was mich fesselte, meine Fußgelenke ein. Schließlich zerrte ich so heftig, daß alles erzitterte und ein Regen aus Glassplittern auf mich niederging. Jemand machte sich über mich lustig. Jemand, den ich nicht sehen konnte, spielte ununterbrochen mit meinen Gefühlen, mit meinem Leben, damit ich merkte, daß es nicht mir gehörte, daß es mir geliehen war, daß er damit machte, was er wollte. Und wenn je ein Junge auf dieser Welt Lust gehabt hat, ein Mädchen zu lieben, so war ich dieser Junge. Ihre Hand in meiner halten ... und ich konnte diese Hand nicht erreichen ... Ein Tier, das an der Decke hing, stürzte sich auf mich – vor Schreck war ich wie gelähmt. Als ich mich erholt hatte, schien der Mondstrahl nicht mehr auf die Steinplatte. In meiner Hand hielt ich eine Knochenhand, Knochen, die eine Hand gewesen waren. Ich ließ sie los, aus Furcht, daß sie in kleine Stücke zerspringen würden, und hörte mich sagen, arme Knochen, arme Knochen, so als müsse ich sie besänftigen, damit sie mir nichts antäten. Ich war außer mir, wäre lieber nicht ich, lieber oben statt unten gewesen, ein Baum, fest in der Erde verwurzelt und die Zweige hoch in der Luft und darüber die Sonne und darüber das Blau und darüber das tosende Treiben der Sterne. Schnee Regen Raureif. Die Vögel sollten kein Nest in meinen Zweigen bauen, aber herkommen und singen sollten sie schon. Und die Haarmähne aus Blättern würde von allen Winden zerzaust ... Wer leckte mich im Gesicht? Ununterbrochen fuhr eine Zunge über meine Wange ... Nur mit Mühe brachte ich die Augen auf. Dicht vor mir war das Gesicht der Katze. Und ich lag ausgestreckt im Eingang des Schuppens, halb drinnen, halb draußen, die Füße in eine Schnur verwickelt, die aus einem Gewirr von Schnüren kam, das sich neben einem Bein der Werkbank befand.

XL
Danach

Was machst du hier am Boden? Der Fischer stand in der Küchentür und schaute mich an. Die Katze war auf mich gesprungen. Komm frühstücken, und wenn wir fertig sind, bringen wir ein bißchen Ordnung in dieses Durcheinander. Was zum Teufel ... Aber wickle dir zuvor die Schnur vom Bein. Ich begriff und begriff es doch nicht ganz. Die Werkbank war von der Wand gerückt; das Arzneischränkchen stand sperrangelweit offen und war leer. Eine Reihe leerer Flaschen, die ich zuvor schön ordentlich neben der Tür, die nach draußen führte, hatte stehen sehen, lag verstreut umher, die Hälfte davon zerbrochen. Die Kissen von der Werkbank alle am Boden. Unmöglich. Denn ich hatte nicht geträumt, daß ich nachts hinausgegangen war oder daß ein Schnabel immerzu gegen einen Baumstamm klopfte, während ich zum Teich unterwegs war. Das alles hatte ich erlebt. Ich hatte weder geträumt, daß der Mond blau war, noch hatte ich geträumt, daß das Gras feucht war ... der Saum meiner Hose war feucht geworden. Sie war wieder trocken, aber ich hatte ihre Nässe an meinen Beinen gespürt ... Ich hatte den Himmel im Wasser gesehen ... und noch hielt ich in der Hand ... Was hielt ich in der Hand? Nichts. Leer. Und was war mit den Steinen und dem Glassplitterregen? Und der Sturz? War es möglich, daß wirkliche Ereignisse und Traumereignisse sich vermischt hatten und ich nicht mehr unterscheiden konnte, welche die wirklichen und welche die geträumten waren?

Der Kamin brannte, der Krug mit der Milch dampfte, der ganze Raum duftete nach Kaffee; der Honig in seinem Topf – Blumensaft im Glasgefängnis, sagte der Fischer – wartete auf den Löffel, und zwischen Eisenrosten wurden zwei Brotscheiben geröstet. Ich hatte einen Schnitt im Daumen der rechten Hand, der brannte. Ich rührte nichts an. Hast du heute nacht mit einem Wolf gekämpft? Du brauchst mir nicht zu sagen, was du geträumt hast, wenn du keine Lust hast, aber ich wüßte es gerne.

Wüßte gern, warum du von der Werkbank gefallen bist, und ganz besonders, warum du am Boden geschlafen hast oder warum du nicht vom Boden aufstehen konntest. Sag doch. Ich träume nie, log ich.

Wir arbeiteten ununterbrochen den ganzen Tag und räumten den Schuppen auf und brachten das Holz aus dem Wald hinein. Warum bleibst du nicht? Ich zuckte die Achseln. Du siehst ja, hier ist es nicht schlecht. Ich würde den Schuppen für dich einrichten und einen anderen bauen, wohin man den Kram tun kann. Du irrst so herum, und ich habe den Eindruck, daß du guten Rat nötig hast. Du bist sehr jung. Ich hätte ihm gern gesagt, daß ich gerade das am allerliebsten tat: in der Welt umherirren. Machen, was ich wollte, gleichgültig, ob es gut oder ob es schlecht ausging, ohne daß mir jemand irgendwelche Ratschläge gab. Den Himmel sehen, die Wälder sehen, die Nacht betrachten und zum Dach haben.

Gegen Abend, als wir mit Blick auf einen erdbeer- und safranfarbenen Sonnenuntergang vor dem Haus saßen, sagte er wieder, ich solle dableiben. Du gefällst mir. Es würde mir gefallen, wenn du mein Sohn wärst. Du gefällst mir, weil du manchmal älter zu sein scheinst, als du bist, und weil du dann wieder wie ein Kind bist. Als ich ihm keine Antwort gab, bat er, ich solle ihm von meinem Leben erzählen. Bitte. Ich gab ihm lange keine Antwort, völlig verzaubert von diesen Safran- und Erdbeerfarben. Ich wollte nichts sagen, was nicht wirklich aus meinem Innern kam, und mußte erst nachdenken, bevor ich sprach, nachdem ich die Augen einen Augenblick geschlossen hatte, um mich vom Sonnenuntergangshimmel abzulenken. Mein Leben gehört mir, begann ich und legte dabei meine Hand flach auf die Brust. Vor wenigen Monaten, wie vielen, weiß nicht, hatte ich noch ein Messer mit Gabel, Löffel, Flaschenöffner und Schraubenzieher, das mir mein Vater geschenkt hatte, und ich habe es weggegeben. Und jetzt habe ich als einziges noch mein Leben. Wenn ich es erzähle, geht es weg, ich verliere es. Er versetzte mir, halb lachend, einen Schlag auf den Rücken. Ich weiß, fügte ich hinzu, daß jedes Leben mehr oder weniger die Hauptsache von allen Leben ist. Er legte den Kopf in den Nacken und schloß die Augen, wobei er einen kleinen Spalt offenließ, um irgend etwas anzuschauen, von dem ich nicht wußte, was es war. Daß ich nicht lache. Wozu willst du denn immerzu unterwegs sein? Willst du am Ende auf den Straßen oder in den Vorhallen der Kirchen schlafen, wenn du alt bist? Das ist mir egal. Ich will durch die Welt ziehen. Von überall und nicht von irgendwo hersein. Ich habe eben erst begonnen, etwas zu sehen, und der Kopf dreht sich mir, wenn ich daran denke, was ich noch alles zu sehen habe. So viele Dörfer, so viele Wege ... Er klopfte mir wieder auf den Rücken. Selbst wenn du alle Dörfer der Erde gesehen hättest, was soll's? Es ist wie mit den Leben, von denen du gesprochen hast: alle sind mehr oder weniger gerade oder krumme Straßen und Anhäufungen von Häusern. Worauf es ankommt, erwiderte ich, ist die Art und Weise, wie ein jeder sie anschaut. Natürlich, wie alle Leute, aber einmal kommt der Moment, in dem du ein falsches Leben in den Händen hältst. Was hast du denn in ihnen? Garten oder Hölle? Ein bißchen von allem. Je nachdem, woher der Wind weht. Und ohne recht zu wissen, warum, fragte ich ihn: Was heißt das, ein Kain sein? Bis dahin hatte er mich eigentlich beim Reden nicht angesehen, doch bei dieser Frage wandte er den Kopf. Was meinst du damit? Nur soviel: Was ist ein Kain? Du willst mir doch nicht vormachen, daß du das nicht weißt? Ich weiß, daß Gott ihn bestrafte und daß er ihn danach beschützte. Wenn ich meine Mutter wütend machte, sagte sie, ich sei ein Kain. Und dieses Mal, das ich auf der Stirn habe ... Du stellst vielleicht Fragen. Jeder weiß doch auswendig, daß Kain getötet hat ... aber so mancher sieht in ihm denjenigen, der wissen möchte, der nie haltmacht, den nichts aufhält, der alles kennenlernen möchte. Was für Fragen, schloß er mit einem Kopfschütteln. Ich bin von zu Hause fort, um Dörfer zu sehen, Leute kennenzulernen und weil meine Mutter mich satt hatte ... und nichts hätte mich aufhalten können. Und auch, weil ich im Krieg kämpfen wollte; ich habe ihn zwar von nahem gesehen, doch kann ich nicht behaupten, ich hätte ihn mitgemacht, weil ich ihm, so gut ich konnte, ausgewichen bin. Der Fischer stand auf. Ich fürchte sehr, daß du zu spät dran bist. Mach schnell, wenn du ihm noch begegnen willst. Wir wollen zu Abend essen. Ich folgte ihm, und bevor er das Haus betrat, wandte er sich um. Ach ja, wenn du gehen willst, dann geh nur. Aber sag mir nichts. Ich mag keine Abschiede. Im Schuppen wirst du alles finden, was du brauchst: Kleider und Essen.

XLI
Der Fluß

Ich war lange unterwegs; ich zog von einem Dorf zum andern, von einem Weg zum andern. Alle Wege waren wüst und leer, alle Häuser zerstört. Eines Morgens stolperte ich über einen toten Hund; an seinem Hals hing ein Stück Pappe, und die Buchstaben, die darauf geschrieben waren, hatte der Regen halb ausgelöscht; man konnte lesen: »Folgt diesem Hund. Er wird euch zu mir bringen. Ich bin verwundet.« Manchmal sah ich einige Männer näher kommen, mit ausgehungerten Gesichtern, vernichtet, sich fast nur aneinander aufrecht haltend, Füße und Beine mit Lumpen umwickelt, die mit Schnüren festgebunden waren, und ich wich ihnen aus. Drei oder vier Mal flog ein Flugzeug über mich, so tief, daß es mich, auch wenn ich mich auf die Erde legte, sehen mußte. Doch ich war nicht einmal eine Kugel wert und noch weniger eine Bombe. Ein Kirchturm inmitten der Überreste eines Dorfes gab mir ein wenig Sicherheit. Dieser Pfeil, der direkt zum Himmel zeigte, begleitete mich eine Zeitlang, und nachdem ich ihn hinter mir gelassen hatte, wandte ich mich um, um ihn zu betrachten. Zwischen Büschen stob ein Schwarm von Kindern hervor, außer Rand und Band, mit gezückten Pistolen; sie jagten auf einen Hügel zu und schrien: Totschießen! totschießen! Zuletzt stand ich vor diesem breiten Fluß, den ich noch nie gesehen hatte; der Erdboden am Ufer war aufgerissen und mit Toten übersät, als hätte man sie dort zusammengetragen, um sie irgendwo hinzuschaffen, ein Toter auf dem andern. Tote, die aussahen, als ob sie schlafen würden, mit angezogenen Beinen auf der Seite liegend; Tote, deren offene Augen zum Himmel blickten, Tote ohne Beine, ohne Arme ... Skelette von Soldaten, denen Vögel die Knochen abgenagt hatten. Und zwischen den Toten halb verbrannte Lastwagen, die Räder in der Luft, zerstörte Maschinen, stehengebliebene Panzer mit dem toten Panzerschützen auf dem Panzerturm oben. Eine verbrannte Hand mit gekrümmten Fingern dicht neben einem Gewehr. Zelte, in

Stücke zerfetzte Zeltleinwand, die der Wind herumgeweht hatte. Bombardierte Brücken, die der Fluß weggerissen hatte, Holzteile, die sich noch ans Ufer klammerten, und wo Thymianheide gewachsen war, alles kahl. In einem Schützengraben (ja, die gab's, so tief wie die Spuren von Riesenschlangen!) rannten, als sie mich hörten, mit hängenden Schwänzen drei Hunde davon, bis auf einen, der mir die Stirn bot, ein abgemagertes, räudiges Tier. Und über all dem vielen Tod Schwärme von großen Vögeln mit langen, nackten Hälsen. Auf der Schmalseite eines Flugzeugflügels, der, von Booten und verbranntem Holz umgeben, zur Hälfte in der Erde steckte, saßen Raben aufgereiht und putzten sich die Flügel und das Brustgefieder. Ich hob einen Arm, um sie zu verscheuchen, und sie flogen träge auf. Drei blieben sitzen auf dem Flugzeugflügel, der halb versunken war in dieser Erde und in diesem Wasser, das still und glatt vorüberfloß, nur stellenweise gestört durch die Holzteile der Brücken, die seinen Weg unterbrachen. Und überall der bestialische Gestank des Todes.

Bald wird man sie begraben. Sie kommen alle zwei oder drei Tage mit den Lastwagen. Zu Beginn mußten sie fliehen, weil man sie mit Maschinengewehren beschoß. Jetzt nicht mehr ... Endlich drehte ich mich nach dieser Stimme um. Wie tröstlich war der Anblick eines lebendigen Menschen, einer jungen, jedoch abgearbeiteten Frau; noch leuchteten ihre Augen. Sie trug ein totes Kind auf dem Arm; daß es tot war, erkannte ich sofort an der wächsernen Farbe der Beine und einer herunterhängenden Hand. Sie sprach mit ihm, als ob es lebendig wäre, mein Herzchen, mein Kleines ... Und sie fing an, mit seltsamem Blick die Augen eines Toten am Wasser zu betrachten, der aber nicht weit genug drin war, daß ihn das Wasser hätte forttragen können, als ob dieser arme Tote mit seinem gespaltenen Schädel und seiner zerrissenen Brust schuld wäre an diesem Krieg. Sie werfen sie in die Gräben weiter oben, und manchmal, nicht immer, werden sie verbrannt. Sie kommen nicht nach. Unterdessen werden die Geier fetter. Zum Glück ist der Krieg zu Ende. Ich selbst sah, wie er zu Ende ging, hier ging er zu Ende, in diesem Fluß, dieser

Fluß trug ihn fort zum Meer. Mein Haus stand dort oben. Jetzt stehen nur noch die vier Wände. Wir hatten einen Garten, der war die reinste Pracht ... stell dir vor, mit all dem Wasser zum Bewässern so nah. Jetzt schlafe ich weit weg von hier, aber ich komme ab und zu her, für den Fall, daß ein Soldat daliegt, der noch atmet, so daß er mir sagen kann, ob er weiß, wo mein Mann starb ... Alle sagen mir, ich soll nicht auf ihn warten ... ich höre ihnen zu und schweige, weil ich nicht glaube, daß er tot ist. Warst du auch im Krieg? Deine Haut ist ausgedörrt wie bei allen, die Hunger gelitten haben, es sieht aus, als lägen deine Augen in einer Höhle, aber eingesunkene Augen würden gar nichts heißen, wenn sie nicht erfüllt wären, nicht von Angst, nein, von Angst nicht ... von Entsetzen ... Wenn du wüßtest, was für Schreie ich gehört habe, Schreie von Verwundeten, die um Hilfe baten, weinten und die ganze Verzweiflung ihres Herzens herausschrien ... und plötzlich sah ich eine Hand, die sich erhob und irgendein Erbarmen suchte und wieder auf die Erde fiel, weil alles zu Ende war. Komm mit mir ... du bist so jung, ich möchte dir helfen können ... Mein Mann hieß Pere, er war größer als ich, und seine Augen waren schwarz wie seine Haare ... vielleicht hast du ihn gekannt ... Sie sah mir direkt in die Augen, und ich begann mich zu schämen, so sehr, daß ich es nicht aushielt. Schämte mich, daß ich vor dem Krieg geflohen war wie einer, der die Pest flieht, allein, immer allein mit mir selbst, schämte mich, daß ich nichts verteidigt hatte, ohne daß ich wußte, was es war, aber das ich wie so viele andere hätte verteidigen müssen ... vollständig gefangen in meiner armseligen Haut, die ausgedörrt war vom erlittenen Hunger, wie die Frau mit dem toten Kind auf dem Arm gesagt hatte, das sein Gesicht an ihre Brust drückte. Sie rückte das Kind so zurecht, daß sein Gesicht zu mir sah, es hatte die Augen offen und den Mund fest geschlossen ... Ich hatte ihnen geholfen, Säcke mit Erde zu füllen; alle Frauen des Dorfes, das gleich hier in der Nähe ist, hatten Säcke mit Erde gefüllt. Es gab nicht genug Hände. Wenn du die Kanonen und die Maschinengewehre gehört hättest, wenn du die Flugzeuge gesehen hättest, wie sie lauter Rosenkranzketten aus Bomben fallen ließen. Wenn du das Licht der Feuer in der stockfinsteren Nacht gesehen hättest ... die Hölle, monatelang. Jahrelang ... es werden Jahre vergehen, bevor man wieder etwas an den Flußufern anpflanzen kann, denn wenn man zu graben anfängt, wird man statt Erde Knochen finden. Das ist alles, was bleibt: die Knochen. Knochen von namenlosen Toten. Siehst du die Bergkette dort? Das Maschinengewehrfeuer hat ihr so schwer zugesetzt, daß die oberste Spitze gekappt wurde. So schwer zugesetzt. Ich weiß noch immer nicht, wieso mein Sohn und ich noch leben, doch weil er so viel Angst ausgestanden hat, kann er die Augen nicht einmal zum Schlafen schließen. Wir beide sollten eigentlich tot sein, und du hättest niemanden gefunden, der es dir erklären könnte ... Sie schwieg, zum Fluß gewandt, der breit daherfloß, den Blick auf das trübe Wasser geheftet, das sie beruhigen und ihre Gedanken endlich davontragen mochte. Nach einer Weile verließ sie mich, ohne mich anzuschauen, ohne ein Wort zu sagen.

XLII
Zorn

Ein altes, verwahrlostes Boot lag, gegen den Flugzeugflügel geschoben, da – angestrichen, abgeblättert, wieder neu gestrichen. Der Fluß glitt sanft dahin, still ruhte der Nachmittag in sich, ein einsamer Nachmittag mitten in der Welt. Nur dieser Schwarm Vögel verlieh ihm Leben, die kreisten und kreisten, bevor sie auf die Toten herabstießen. Die andere Seite des Flusses glich dem Ufer, das ich verlassen hatte; auch hier die Toten, die von den Aasvögeln gefressen wurden. Ich schob das Boot ein Stück weit aufs Ufer, damit das Wasser es nicht fortriß. Als es Abend wurde, erreichte ich einen Waldrand. Erneut packte mich der Baumgeruch, es war mir ein Trost, ein Dach aus Ästen und Blättern über mir zu haben. Der schmale Weg, den ich eingeschlagen hatte, führte durch hohes Gras tief in den Wald hinein. Bereits aus einiger Entfernung konnte ich ein erleuchtetes Fenster sehen. Das Licht täuschte jedoch: wenn ich glaubte, schon nah dran zu sein, war es noch weit entfernt. Ich mußte eine gute Weile laufen, bevor ich die Lichtung mit der Hütte erreichte, die zur Hälfte gemauert, zur Hälfte aus Holz gebaut war, und gleich daneben ein Brunnen. Das Licht aus dem Fenster fiel vor den Brunnen hin, und beim Brunnen lag etwas Glänzendes. Bevor ich durchs Fenster sah und nachschaute, wer in diesem Waldhaus wohnte, bückte ich mich ... Ich hatte es aufgehoben und konnte es nicht fassen. Das Messer in meiner Hand war wie jenes Messer, das man für soviel gebrauchen konnte und das ich Eva an dem Tag, an dem ich sie kennenlernte, geschenkt hatte, damit sie sich an mich erinnerte. Dem Schraubenzieher fehlte die Spitze. Wem mochte sie es gegeben haben, oder wer hatte es ihr weggenommen, und wie war es in diese Waldgegend gelangt? Hatte es der, der es ihr weggenommen hatte, verloren, während er den Eimer aus dem Brunnen hochzog? Am Tag nach einem Gefecht? Ich war, das Messer in der Hand, so in Gedanken vertieft, daß ich erst eine ganze Weile später ans Fenster trat, um ins Haus zu schauen.

Hinten im Zimmer hing ein blaugelb geblümter Vorhang, und davor saß eine alte Frau mit einem dunklen Kopftuch, einem schwarzen Umhang und einer großen Brille. Eine Hand am Ende eines Armes bewegte sich regelmäßig nach oben und nach unten und zog an einem Faden. Seitlich des Vorhangs stand ein zweitüriger Schrank, darauf ein grüner Wasserkrug und eine Flasche mit einer Kerze darin. Die Alte erhob sich und näherte sich dem Fenster. Schnell duckte ich mich. Auf allen vieren fast kroch ich ums Haus. Auf der Rückseite, dicht an einem zweiten Fenster, dessen Läden geschlossen waren, stand ein Baum, so hoch und mit einem so dicken Stamm, wie ich es noch nie gesehen hatte. In seinen Zweigen hörte man Vögel rascheln. Ein Holzstoß neben einem Käfig verstellte mir den Weg; weiter hinten befand sich ein Hühnerstall. An der Wand, auf deren Innenseite sich der geblümte Vorhang befand, war kein Fenster zu sehen, hingegen ein Holzstoß, der fast bis zum Dach reichte und die ganze Wand bedeckte. Und ein paar Büschel Heidekraut. Als ich gerade um die Hausecke bog und an der Stelle mit der Tür vorbeiwollte, ging die Tür auf, und eine Stimme rief: Wer läuft da draußen herum? Die Alte kam nun ganz heraus, ein Beil in der Hand, klein und dick zeichnete sie sich vor dem hellen Licht im Innern ab, ihre Stimme war laut. Warum antwortest du nicht? Warum siehst du mich an und antwortest nicht? Falls man dir erzählt hat, daß sie sehr hübsch ist, so kommst du zu spät! Sie ist dir drei Wochen zuvorgekommen. Ich ging näher, und als sie mich im Licht, das von drinnen herausschien, deutlich sah, ließ sie das Beil sinken. Was machst du hier draußen? Antworte! Ich sagte, daß ich unterwegs durch den Wald sei, Durst hätte, mich aber vor dem Flußwasser ekeln würde und nicht gewagt hätte, Wasser aus dem Brunnen hochzuziehen, aus Angst, daß die Seilwinde quietschen und ich entdeckt würde. Und warum wolltest du nicht entdeckt werden? Ich sagte das Erstbeste, das mir einfiel: um die Leute nicht zu erschrecken, die vielleicht im Haus drin wären. Sie bog den Kopf zurück und begann zu lachen. Komm rein, befahl sie, als sie ausgelacht hatte.

Hast du Geld dabei? Ich verneinte. Komm rein!, nicht daß es heißt, ich hätte nicht ein Mal im Leben Mitleid gezeigt. Wer hat dir gesagt, daß hier, mitten im Wald, ein Haus steht? Ich hätte am liebsten gesagt, meine Füße hätten mich hergetragen, aber ich hatte Angst, daß sie wütend würde. Ich bin dem schmalen Weg gefolgt, nur fort vom Fluß ... Das Beil glänzte und war scharf geschliffen.

Drinnen roch es nach Rauch und gekochtem Kohl. Im Kamin, der sehr klein war, brannte Feuer, und in einer Schachtel neben dem Stuhl, auf dem ich die Alte hatte sitzen sehen, lagen lauter farbige Garnstränge. Über dem Kaminsturz hing ein Bild mit schwarzem Rahmen, dessen Glas alles andere als sauber war, und unter dem Glas war eine gestickte Madonna: die Madonna von meinen Skapulieren. Ich steckte die Hand in die hintere Hosentasche: da waren sie nicht. Ich befühlte meinen Hals: da hingen sie nicht. Und da sah ich die Alte voll an, die so häßlich war wie nur irgend etwas, mit ihrer Stumpfnase, ihren kleinen, auseinanderstehenden Augen, der niedrigen Stirn, den aufgedunsenen Backen, dem großen Mund. Sie befreite einen kleinen runden Tisch vom Zeug, das darauf lag; nachdem sie ihn abgeräumt hatte, stellte sie eine Flasche und zwei Gläser darauf. Du wirst sehen, wie gut der ist ... setz dich hierhin; ich setz mich dir gegenüber. Erzähl! Ich betrachtete den Kaminsturz, dann sie; ich mußte einfach das gestickte Gesicht mit dem echten Gesicht vergleichen. Sie erriet, was ich dachte, und begann wieder so zu lachen, indem sie den Kopf zurückbog, so daß sich die Haut am Hals straffte und ihr Adamsapfel tanzte. Du siehst Gespenster. Schau mich genau an. Bist du stumm, daß du nichts sagst? Ich sag dir, du siehst Gespenster. Sie konnte ärger lügen als der ärgste aller Lügner. Sie war die Muttergottes, der Mann damals hatte es mir ja gesagt; die Madonnen auf den Skapulieren, all die Gesichter der Madonnen – das war ihr Gesicht. Sie mochte sich. Sie war häßlich wie die Sünde und mochte sich. Wie mochte sie sich lieben, häßlich dick, wie sie war ... Das wäre wirklich lustig, wenn ich bei all den Gesichtern, die's gibt auf der Welt, meins aufstikken würde. Als ich klein war, haben mir die Nonnen das Sticken beigebracht. Du kannst dir nicht vorstellen, wie oft ich sie dafür gepriesen habe. Ich habe noch andere Einkünfte, brauchst nicht zu meinen ... außer dem Sticken. Sie stand auf und zog den geblümten Vorhang zurück; dahinter befand sich eine Pritsche, auf der eine rote Decke lag, und ein Sessel, an dessen Armlehnen und Beinen Stricke hingen. Ziemlich neue, ziemlich weiße, nicht sehr dicke Stricke. Sie brachte einen Aschenbecher, stellte ihn auf den Tisch, setzte sich und zündete eine Zigarette an. Rauchst du nicht? Ich schüttelte den Kopf. Ich schon. Das haben mir die Soldaten angewöhnt. Sie haben mir immer welche gebracht. Rauch, Alte, rauch ... das wird dich ablenken ... und so rauche ich auf meine alten Tage und sehe, wie der Rauch aus meinem Mund kommt und wie ich ihn durch die Nase blase. Sie hatte sich weit vorgebeugt und hielt mir die Zigarette vors Gesicht, ich glaube, dich sollte ich mal wachkitzeln. Wie kannst du nur mit diesen Augen wie ein hilfloses Kind in der Welt umherziehen. Bist du kein Mann? Also Kopf hoch! Es lebe der Krieg, es lebe der Tod! Sie legte die Zigarette in den Aschenbecher, entkorkte die Flasche und füllte die Gläser bis zum Rand. Das wird dir die Zunge lockern und das Blut in Bewegung bringen. Trink! Sie hob das Glas, ich hob mein Glas und leerte es in einem Zug: so wie sie. Aufs Wohl der Skapuliere! Der Wein war wie Feuer. Du gefällst mir, auch wenn du stumm geworden bist. Dir könnte man das Abendmahl ohne Beichte geben. Mit so guter Gesellschaft habe ich heute nacht nicht gerechnet. Leg ein Holzscheit nach. Trink! Eine so friedliche Nacht ... bis hierher kam das Kriegsgetöse, jawohl. Ich geb gern zu, daß ich nicht weiß, was das Wort Angst bedeutet. Nie! Sie schaute auf ihre Zigarette, und ich schaute auf die Stricke am Sessel. Schau mich an! Jemanden wie mich hast du noch nie gesehen. Noch überhaupt jemals! Sie füllte erneut ihr Glas. Trink! Auch meines füllte sie wieder. Der Sessel hier, sagte sie und streckte den Arm mit dem Glas in der Hand aus, hat eine Geschichte. Das Mädchen, das in ihm saß, liegt neben dem Baum begraben, der hier hinter dem Haus steht, unter dem Kaninchenkäfig. Dem ältesten Baum von allen. Sie schaute ihn immer an, mit all den Vögeln darin, und ich drehte den Sessel um, damit sie ihn nicht sehen konnte. Auch das Fenster verdeckte ich: Laden zu und Holzstoß davor. Damit sie nichts sehen konnte. Da waren welche mit schwarzweißem Gefieder, roter Brust, die Brust war rot, weil sie so viel Weißdornbeeren fraßen, mit grünem Gefieder wie stehendes Gewässer, graue mit blauem Bauch, die sprangen und sangen, was sie konnten, und sie mußte ihnen den Rücken zudrehen, damit sie nur mich sah. Mich! Sie war hübsch, man kann gar nicht sagen, wie hübsch sie war. Als sie sie bei mir entdeckten ... Ich fand sie, wie sie ohnmächtig beim Garten lag, neben den Kohlköpfen. Eine Kugel hatte ihren Oberschenkel durchbohrt ... Nein, nicht durchbohrt; sie war drin steckengeblieben. Und mit dem Küchenmesser ... Nein, mit einem Messer, das sie in der Tasche trug, mit lauter anderen Werkzeugen dran, die mich störten, holte ich die Kugel heraus ... und mit diesen zwei Fingern. Die Wunde entzündete sich. Jeden Tag mußte ich ihr den Eiter ausdrücken und mit Thymianwasser getränkte Lappen auflegen. Während ich sie pflegte, dachte ich immer, daß sie mir gehört ... Trink! Sie goß sich noch mehr Wein ein, so viel, daß ihr Glas überlief. Trink! Ich schenk dir Wein ein, damit du ihn trinkst, nicht, damit du ihn alt werden läßt. Er brannte. Er verbrannte mich. Als ich sie gesund gepflegt hatte, behielt ich sie für immer. Mit den Stricken da, die du immer wieder anschaust, habe ich sie angebunden; sonst wäre sie mir davongelaufen. Angebunden. Schön fest angebunden, damit sie der Alten vom Walde Gesellschaft leistet. Trink! Glaubst du nicht, daß sie wie ein Hase durch den Wald hinaus- und davongesprungen wäre, wenn sie gekonnt hätte? In einem Flug durchs Fenster hinaus, wenn sie Flügel gehabt hätte ... Der erste, der sie sah, war ein Mann in mittlerem Alter, er lief vor den Kugeln davon und hatte Hunger auf ... Ich ging nach draußen, damit er sich nicht gehemmt zu fühlen brauchte, und hörte, wie sie schrie. Grob. Und zuletzt, was für ein Schrei! Was für ein Schrei, den das saubere Vögelchen ausstieß. Den hat man wohl noch in der Hölle gehört. Als der Mann herauskam, hat er sich erkenntlich gezeigt. Ich hab zwar die Hand nicht hingehalten, aber er hat es mir in die Tasche gesteckt. Sehr erkenntlich. Und nach diesem Mann kamen dann andere . . . Manchmal standen sie Schlange . . . Und verlauster als ein altes Hühnernest.

Ich hielt den Atem an. Wie hieß sie? Sie trank noch ein Glas und wischte sich den Mund mit dem Ärmel trocken. Ein Name zum Totlachen . . . Was meinst du wohl, wie sie hieß? Na, sie hieß wie die Mutter aller Menschen. Zum Totlachen, nicht? Ich kippte allen Wein hinunter, der noch im Glas war, und bekam keine Luft mehr. Du erstickst vor Lachen, nicht? Wie die Mutter aller Menschen. Eva, Eva, Eva. . . Ich sagte zu ihr: Eva, was hab ich doch für ein Glück gehabt an dem Tag, als ich dich mehr tot als lebendig neben den Kohlköpfen fand. Was für ein Riesenglück! Und sie dachte immer nur ans Weglaufen. Jeden Tag band ich sie fester an. Sie bekam nachher rote Stellen, Streifen an den Hand- und Fußgelenken, an denen das Fleisch bloßlag. Ich mußte ihr das Essen in den Mund stecken; manchmal schluckte sie es, manchmal spuckte sie es aus. Eines Nachts schließlich, ich hatte die Läden schon geschlossen und verbarrikadierte gerade die Tür, kamen sieben braune Kerle, und ich gab sie ihnen für die Nacht. Da habt ihr sie. Sie nahmen sie mit in den Wald hinaus, totenstill war sie und schrie nicht . . . sie nahmen sie mit und hielten sie dabei in die Luft wie ein Zicklein . . . solange ich sie hatte, weinte sie nie. Sie bot ihre ganze Kraft auf, um loszukommen, und je mehr sie sich anstrengte, desto tiefer schnitten sich die Stricke in ihr Fleisch ein . . . aber ich habe sie nie weinen sehen. Ich hätte gern eine Träne gesehen, wenigstens eine, in diesen tief veilchenblauen Augen. Aber nein. Nie. Sie kam dann nicht mehr zurück. Sie brachten sie mir nicht zurück. Am nächsten Morgen, bei Tagesanbruch, fand ich sie nackt unter den Bäumen liegen, ein Ast steckte dort, wo das Leben beginnt. Sie trank erneut und schnalzte mit der Zunge. Sie holte noch eine Flasche, und während sie sie entkorkte, schaute sie mich an, füllte ihr

Glas und trank es, ohne mich aus den Augen zu lassen, nachdem sie auch meins gefüllt hatte, leer. Trink! Veilchenblaue Augen ... Du wirst draußen schlafen. Du bist jung, und die Nacht wird dir nicht schaden. Ich gebe dir eine Bettdecke. Nein. Zwei: eine zum Drauflіegen und eine zum Zudecken. Du wirst sehen, wie schön das ist, wenn man unter all den Blättern schlafen kann. Als Gegenleistung fürs Essen wirst du mir morgen helfen, bei den Kaninchen sauberzumachen.

Ich erhob mich wie irr, packte einen Holzklotz aus dem Kamin, und ohne daß sie Zeit hatte, zu merken, was ich tat, schlug ich sie bewußtlos. Da lag sie, ein Auge offen. Ich weiß nicht, woher ich die Kraft nahm: ich schleppte sie zum Sessel, setzte sie hinein und band sie mit den Hand- und Fußgelenken an den Beinen und an den Armlehnen des Sessels fest. Mit einem brennenden Holzscheit ging ich nach draußen, lief ums Haus, die Augen wollten mir aus dem Kopf springen, ich keuchte, hielt das Scheit ans Holz an der Mauer; auf der Stelle schossen Flammen aus den Heidekrautbüscheln, alles knisterte. Bald brannte die Hütte wie ein Schmiedefeuer, und die nahen Zweige zischten, wenn sie Feuer fingen. In die eine Hand Evas Messer gepreßt, in der anderen das brennende Holzscheit, so setzte ich blindwütig alles Gras, alle Büsche, die tiefhängenden Äste in Brand. Am Ende des Waldes blieb ich stehen, Füße und Hände eiskalt, mein Körper ein einziger Fieberknoten. Ich warf das Holzscheit in den Wald. Ich konnte das Boot nicht finden; als ich dagegenstolperte, ließ ich mich hineinfallen. Es kam mir vor, als ob das Boot unterging und ich hinaufstieg, als ob zwischen dem Boot und mir nichts war, als ob der Fluß sich aufrichtete. Irgendwie gelang es mir, es ins Wasser zu stoßen; irgendwie war ich auf einmal auf dem Wasser und hielt die Ruder in den Händen. Ich ruderte mechanisch, in den Albtraum verloren, unter einem Himmel mit jagenden Wolken, und wußte nicht, was ich tun, ob ich mich vom Fluß hinabtragen lassen oder ob ich weiterziehen sollte ... es war doch ein Ufer wie das andere, es war doch alles gleich. Nur der Fluß und ich. Weder Krieg noch Leid. Ich nahm Evas Messer, hielt die Hand ins Wasser und machte sie auf. Das Boot fuhr allein ... bis ich mich zusammenriß und es an Land ruderte. Ein schwertförmiger Mondstrahl fiel auf mich, der Fluß wiederholte ihn. Der Nebel, schwefelgelber, niedriger Nebel, kroch dahin und deckte die Toten zu.

XLIII
Das Ende jener Nacht

Ich habe dich gesucht. Seit gestern suche ich dich. Kaum hattest du mich verlassen, fing ich schon an, dich zu suchen. Wo warst du? Ich wußte, daß du zurückkommen würdest. Das Kind ist gestorben, mein Sohn ist tot. Ich suchte dich, damit du mir hilfst, es zu begraben. Die Frau mit dem toten Kind trug eine Laterne, sie gab sie mir. Ich hab seine Augen schließen können. Es schaut nicht, es sieht nichts, so hübsch ... Das Kind trug ein Spitzenkleid, wie ein Taufkleid, das unter der Brust mit einer weißen Schleife zusammengebunden war. Sein Gesicht war von einer Mütze aus Spitzen umrahmt, die mit einem Seidenband unter dem Kinn festgebunden war. Schau, wie hübsch. Zu Füßen der Frau mit dem toten Kind lag eine Schaufel. Nimm sie. Wir wollen es weiter oben begraben, wo die Toten nicht so dicht liegen, in einer Grube, die von einer Granate stammt. Die Erde ist dort nicht so hart, weil sie aufgewühlt wurde, am Ufer des Flusses, denn wenn es ihn hören kann, lullt er es ein. Das Gesicht der Frau war weiß wie das des Kindes, zwei Gesichter so weiß wie Papier über dem schwefelgelben Nebel. Ich legte die Schaufel ins Boot. Rudere du; ich weiß nicht, wie's geht. Das Boot glitt durch den in Fransen hängenden Nebel, der hierhin und dorthin wogte, ohne daß auch nur ein Lüftchen wehte. Gestern nacht wurde mir klar, daß mein Sohn gestorben ist, und darum suchte ich dich. Wenn er zu essen gehabt hätte, wäre er nicht gestorben; es gibt nichts mehr zu essen. Eine Nachbarin hat mir das Kleid hier geschenkt, und mit Tränen in den Augen hat sie zu mir gesagt: Er soll schön sein, wenn du ihn begräbst ... Sie nahm meine Hand, deine Hand ist eiskalt wie die Hände meines Sohnes. Nur das Rauschen der Ruder und des Wassers war zu hören. Da sind wir schon. Ich erkenne es an der Fahne da, an diesem Fahnenmast in der Erde, der eben im Mondlicht aufblitzte. Ich nahm Laterne und Schaufel, sie trug das Kind, und ich half ihr beim Aussteigen. Spürst du nicht unter den Füßen, wie die Erde ein bißchen einsinkt?

Die aufgewühlte Erde war stellenweise weich, dann wieder hart. Grab tief, sagte sie, und wieder: Grab tief. Wenn du nicht tief genug gräbst, werden die Hunde kommen und es ausgraben, und die Vögel werden ihm die Augen aushacken. Wenn du müde wirst, ruh dich aus, wir haben die ganze Nacht vor uns. Noch tiefer. So tief, wie du groß bist. Ich will nicht, daß die Hunde es aufdecken . . . Sie packte meinen Arm und drückte ihn heftig – hörst du? hörst du nicht, wie ein Hund heult? Sie heulen mit erhobenem Kopf, den Hals gereckt; sie heulen, damit sie im Himmel gehört werden, damit der Tod erschrickt. Mach, beeil dich . . . sie zog mich an den Haaren und lachte . . . sie kitzelte mich am Ohrläppchen . . . Da, leg, die Schaufel hin, halt es mal. Sie gab mir das Kind. Das Kind haltend, wagte ich nicht zu atmen. Sie sprang in die Grube, um ihre Tiefe zu messen. Die Schweißtropfen machten mich blind, sie flossen über meine Wangen, meinen Rücken. Eiskalt. Es ist tief genug. Ich hatte das Kind auf die Erde gelegt und half ihr aus der Grube. Sie versetzte mir einen Stoß. Du hättest es nicht loslassen sollen. Ich wäre allein herausgekommen. Tief genug, habe ich gesagt. Hörst du nicht? Tief genug. Da nimm, gab sie mir das Kind. Laß es nicht fallen. Leg es mit dem Gesicht nach oben, zieh ihm die Beine gerade, rück die Schleifen zurecht, streich das Kleid glatt. Leg ihm die Schaufel umgekehrt aufs Gesicht, damit sie es schützt, damit keine Erde in seine Augen gerät, und den Stiel zu den Füßen. Warte noch, bevor du anfängst, Erde auf es zu schütten. Ich hörte sie beten, so leise, daß sie fast noch vom Wasser, das still in seinem Bett dahinglitt, übertönt wurde. Komm heraus. Hilf mir, Erde auf es zu schütten. Wir knieten beiderseits der Grube und begannen mit den Händen und mit der Schaufel Erde hinabzuwerfen und hinabzustoßen auf die Schleifen, auf die Spitzen, auf das, was ihr Sohn gewesen war. Tritt sie fest, damit sie hart wird. Oben drauf gehört ein Stein, der soll das Zeichen sein, damit ich immer weiß, wo er liegt. Ich fand nicht weit entfernt einen großen, weißen Stein. Ich grub ihn halb ein, dann standen wir eine Weile da und betrachteten ihn. Gehen wir. So, fertig. Ich werde jeden Tag bei

Einbruch der Nacht und wenn es Morgen wird hierher kommen ... Wir stiegen ins Boot. Die Mutter des toten Kindes hielt, mit dem Gesicht zu mir, die Laterne. Plötzlich stand sie auf, das Boot neigte sich, und die Laterne fiel in die Tiefe. Sie zeigte mit ausgestrecktem Arm nach vorn. Ich fragte sie, was sie sehe. Ohne zu antworten, setzte sie sich wieder. Siehst du nicht den Flugzeugflügel? Wir sind da. Wenn dann der Frühling kommt ...

Bevor ich sie sah, hörte ich sie: ein dumpfes Rauschen über der Erde. Dunkel und still erhoben sie sich. Ein leiser Wind zerzauste sie. Sie stiegen aus den Gräbern, aus der Mitte des Flusses, vom anderen Ufer des Flusses über das Wasser hin. Sie überquerten ihn. Sie gingen mit schleifenden Füßen, sicher, hoch aufgerichtet und blind. Sie zogen alle hin zum zerschossenen Berg, zu Tausenden. Eine Wolke wurde aufgerissen, und gegen den leuchtenden Himmel zeichnete sich vor diesem Riß nach und nach eine dunkle Gestalt mit ausgebreiteten Armen ab. Neben ihr stand, die Flügel zusammengelegt, der Meßengel und begann, die blauen und karmesinroten Platten zu machen, die den Boden der Kirche bilden würden, während unzählige Bataillone von Toten sich in immer dichteren Reihen dem Berg näherten. Ich stieg aus dem Boot, gefolgt von der Frau mit dem toten Kind. Was siehst du? fragte ich sie. Siehst du nichts? Nein. Wir schwiegen eine Weile. Hörst du nicht den Tritt vieler Füße? Nein. Siehst du keinen Engel, der aus dunkelblauen und karmesinroten Platten den Boden der Kirche macht, den er immer weiter zu uns hin ausbreitet? Er verleiht ihnen langsam Farbe, als ob er sie von innen her färbte. Manche brauchen lang, bis sie farbig werden. Die auf der einen Seite färben sich schneller und intensiver als die auf der andern, es schmerzt in den Augen, wie ungestüm sie sich färben. Jetzt ruht er aus ... Er öffnet die Flügel, siehst du nicht den Schatten, den sie werfen? Er beginnt die Kugel zu bilden, welche die Kirche über der Welt sein wird ... er bläst sie auf, er macht sie größer, damit sie allen Toten Unterschlupf bieten kann, damit sie alle unter ihrem Glas bedecken kann, das so dünn ist, daß ein Zittern der Luft sie fortwehen und ein Regentropfen es durchlöchern könnte. Schau, jetzt macht er die Blütenblätter, und die Blütenblätter müssen sich über der Kugel zusammenschließen und danach ... eine Sonne ohne Licht, durchsichtig und golden inmitten der Nacht, ging langsam vor dieser Schattengestalt auf, welche sie mit ihren Armen begleitete, als ob sie sie zum Himmel höbe. Schau, jetzt beginnt der Engel den Kirchturm. Da: spürst du keinen Hauch? Ja, ein Hauch dringt zu mir, es ist der Atem des Flusses. Es ist nichts anderes als der Atem des Flusses und der Nacht. Nein, sagte ich, es ist der Hauch des Engels, der Hauch aller Toten. Und es kommen noch mehr. Ein Strom von Engeln hat den Himmel durchbohrt, sie rasen hernieder. Es sind die Helfer. Sie gehen hin und her, ziehen die Blütenblätter hoch und höher, damit sie die Schale der Kugel verstärken. Sie stoßen den Kirchturm himmelwärts, rasch, rasch ... Siehst du sie nicht? Ich habe die Augen geöffnet, und ich sehe nur ziehende Wolken mit einer Borte aus Mondlicht. Siehst du nicht kleinere Engel mit einem schwarzen und einem weißen Flügel? Sie fangen an, eine Krone zu formen. So hör doch! In dieser Kirche, erbaut von den Engeln und dem Glauben derer, die zu mir kommen, fülle ich den Kelch meiner Hand mit Tau und segne die Sonne dieser Nacht, die da ist der unschuldige Jesus, der, der alles gibt. Von diesem alten Berg herab, ohne Kirche und ohne Altar aus Holz, jenseits der Meere, jenseits der Flüsse, von diesem Gipfel mit seinem Wolkenkamm und seinem Nebelgrund, segne ich die Mörder und die Ermordeten, das zerfallende Fleisch, die sich lösenden Knochen, die Adern, welche die Erde mit Blut getränkt haben. Ich segne diese Bataillone von Seelen, die näher kommen, angezogen von meinem Erbarmen, meine Vergebung suchend. Und die Schattengestalt streckte die Arme nach vorn, und aus ihren Fingerspitzen traten blitzfarbene Fäden, die herabkamen, um den Toten beider Ufer Ruhe zu schenken ... und ein blutbespritztes weißes Pferd ... und ...

Über dem Nebel näherte sich ein blendendes Licht, und ich mußte die Augen schließen. Als ich sie öffnete, war alles verschwunden: da waren weder Engel noch einherziehende Soldatengestalten. Die Frau mit dem toten Kind drehte sich zu mir um, es sind die Lastwagen mit den Männern, die kommen, um die Toten zu verbrennen, leb wohl, sagte sie und strich mit der Hand über meinen Arm, leb wohl.

Nur schwer machte ich mich auf den Weg: ich ließ mit dem brennenden Wald viel verbranntes Leben hinter mir. Ich würde heimkehren und das Nelkenfeld bestellen, zum Wasser, das durch die Bewässerungsrinnen floß, zum Lärm der Züge in der Nacht, zum Rosenstock mit den gelben Rosen, der bis zur Dachterrasse kletterte. Ich kehrte als ein anderer zurück. Ich hatte den Tod aus der Nähe gesehen. Und das Böse. Große Traurigkeit preßte mit harter Hand mein Herz zusammen. Wo war zu Hause? Hatte ich noch ein Haus? Schwer beladen käme ich zurück mit Bergen von Erinnerung an all die Leute, die ich kennengelernt hatte, die geboren worden waren und gelebt hatten, damit ich sie kennenlernen konnte, und die den ganzen Weg entlang um mich sein würden ... all die zärtlichen Augen, all die traurigen Augen, all die erstaunten Augen, all die verzweifelten Augen ... Würde die Erinnerung ans Böse erlöschen, oder trüge ich sie immer wie eine Krankheit der Seele mit mir? Die Straße war breit, den Nachhauseweg würde ich suchen müssen, ich wußte nicht, wo er war. Alt wie die Welt. Ich dachte an alles, was ich eben gesehen hatte und was nirgendwo war: weder Engel noch Tote, die näher kamen, um ihren Frieden zu suchen am Ende dieser Nacht. Nur ich und das Fieber. Während die Sonne am Himmel aufzusteigen begann wie jeden Tag, wie immer ...